KB105740

떨려 온 아침 속으로
냅떠 달리다

읽고 싶은 시_07

# 떨려 온 아침 속으로 냅떠 달리다

## 한 성 근 시집

인문엠앤비

시인의 말

믿음에 가닿지 못한 떨림조차

한 뼘의 채움을 위해

어쩌다 다다를 그날까지

더 나직한 몸짓으로 내디뎌야 하는가 보다

머뭇거린 사이에

애써 깨닫지 못한 부끄러움 몇 개는

다시 한 걸음씩 여운에 휩싸여

오늘도 더께 앉은 세월의 염원 되새겨 보는데

헤살 놓는 눈부심 속에서

마음에 멈춤이 없도록

짙게 드리운 눈길 머물 때마다

기억이 벗어던진 시간의 거리만큼

스스로 깊어져 더욱더 아득해지려 한다


2024년 7월 4일

한 성 근

| 차례 |

시인의 말 - 5

# 제1부 시간을 쓰다듬는 불빛 아래서

나 홀로 한 약속 - 13

제 속을 덩그러니 비워 가며 - 14

시간을 쓰다듬는 불빛 아래서 - 16

세상 밖으로 후회를 쏟아내며 - 17

떨려 온 아침 속으로 냅떠 달리다 - 18

생각 끝을 에도는 여음餘音 - 20

희망이란 두 글자 - 21

기억이 벗어던진 시간의 거리만큼 - 22

호명하는 순간들마다 - 24

생각은 매순간 일렁였지만 - 25

믿음에 가닿지 못한 떨림조차 - 26

지나온 시간을 드리운 채 - 28

문득 떠오르는 스쳐간 이름 - 30

비껴선 길에 서 있는 것처럼 - 31

오늘 같은 날은 - 32

깨닫지 못한 부끄러움 몇 개 - 34

# 제2부 눈길조차 모른 체하고

아직 기록되지 않은 날들 - 39

잃어버린 것들과의 대화 - 40

돌지 않는 바람개비처럼 - 42

노드리듯 서로를 위하여 - 43

봄빛 따라 아롱지며 - 44

눈길조차 모른 체하고 - 46

힘을 내서 다시 한 번 - 47

헤살 놓는 눈부심 속에서 - 48

낯선 외로움에 어우러져 - 50

꼭 한 번쯤 그에 맞춰 - 51

저려오는 붉어진 눈시울 - 52

마음 1 - 54

너나없이 마주칠 때마다 - 55

머물다 간 자리 - 56

여름을 움켜쥔 날들 - 58

눈[眼] 속에 눈[雪]을 묻으며 - 59

가슴 한 편 휘저어 남겨 놓으려는 - 60

# 제3부 다가서면 멀어지는

새로 써야 할 나의 하룻길 - 65

또 하나의 그리움 - 66

내치락들이치락 - 68

생각하는 마음 잇대고 싶은 - 69

더 나직한 몸짓으로 - 70

화장터에서 베어 문 슬픔 - 72

다가서면 멀어지는 - 73

속수무책 - 74

처음 사랑할 때처럼 - 75

애써 못 잊은 누군가를 향해 - 76

마음 2 - 78

마음 3 - 79

비워내는 유혹에 이끌려 - 80

생각만 해도 가슴 벅차올라 - 81

구두 밑창 - 82

오직 역사의 한 길로 달려갈 뿐 - 84

# 제4부 허술한 믿음에 사로잡혀

붉은 눈시울에 젖어 - 89

무서리 내릴 즈음 - 90

마음에 걸림이 없게 하여 - 92

고향 길 따라 - 94

찻잔을 앞에 두고 - 95

이제야 보이는 마음 한 조각 - 96

봄이로소이다 - 98

허술한 믿음에 사로잡혀 - 100

마음 4 - 102

마음 5 - 103

가눌 수 없는 안간힘으로 - 104

몸져누워 보면 - 105

한 뼘의 채움 - 106

불현듯 생각나는 친구에게 - 108

참으로 진정한 친구 - 109

친구가 퍼 나른 글 - 110

적선積善하다 - 112

# 제5부 어쩌다 다다를 그날까지

깊어진 시름에 휘감겨 - 115

어둠의 완성 - 116

그리움 절로 가슴에 맺혀 - 118

어쩌다 다다를 그날까지 - 119

발자국 소리 다독거려 주며 - 120

마음 6 - 122

마음 7 - 123

겨울 아침 - 124

먼데 하늘에 손을 얹어 - 125

아버지 제삿날에 - 126

어머님의 은혜 - 127

부끄러운 순간에 맞닿을 즈음 - 128

길 위의 인생 - 130

먼먼 깨달음 속을 - 132

## 한성근의 시세계

삶의 원형을 복원해 가는 지극한 '마음'의 시학 |
유성호(문학평론가·한양대학교국문과 교수) - 135

제1부

# 시간을 쓰다듬는 불빛 아래서

# 나 홀로 한 약속

돈도 안 된다는데 보는 사람 세상천지 누구 있다고
머리 싸맨 채 그까짓 놈의 시를 왜 쓰냐며
야멸치게 쏘아붙인 가시 돋친 책망의 말에 동공을 키운
눈빛은 움츠러든 마음 더 졸이는 듯 궂은 날 가면
마른 날도 올 거야 바짝 마른 기대로 목이 멘다
그 옛날 정겨웠던 시절엔 손에 시집詩集을 들고 있으면
빼어난 인격의 소유자처럼 선망의 대상으로 바라다본 사
람들도 있었다 하더니만
요즘엔 당최 안 팔리는 책이 시집이란다
서점에서도 자리 잡은 위치 또한
발길 닿지 않는 가장자리로 슬그머니 밀려날 때쯤
차지한 면적 그 마저도 덩달아 줄어든다니
시와 사랑을 언약한 내 가슴은 가무스름히 타 들어간다
난장 친 아우성에 겨우 한숨짓고 있는데
마음 한껏 북돋우라고 산고의 계단에서 걸터듬은 시어들
마다 일러준 한 마디가
이토록 먹먹한 명치끝을 후려치며 저며 오는지
환한 봄날 같은 시 한 편 아낌없이 남겨야겠다

# 제 속을 덩그러니 비워 가며

어머니
감돌아드는 얼굴 모습 바람 끄트머릴 스친 듯하더니만
요 며칠 동안 날씨마저 무척이나 얄망스럽습니다
당신의 나지막한 밭은기침 소리
눈앞으로 홀연히 쏟아져 내리는 것 같아
땅거미 뒤집어 입은 거리를 쉴 새 없이 바라다봅니다
찬 기운에 움츠러든 사람들도 견디다 못해
꾸다 만 꿈의 발원지로 혼곤히 돌아가고 있는 것인지
금세 해님도 가던 길 서두릅니다
오늘도 망설임 끝에 어렵사리 밤이 찾아올 즈음
하루를 내려놓으며 발걸음 멈추려 합니다
노을의 빛깔 드리우다 지쳐 버린
조바심에 겨운 가로등도 제 속을 덩그러니 비워 가며
슬픔을 감싼 허전함에 이를 적에는
고래등같이 엎드린 산비알은 되알진 약속 띄워 놓고
그리움의 갈피마다 모개로 젖어 깨어날 미혹에 감쪽같게
사로잡혀
굳은살 박인 고독을 한 움큼씩 들이밉니다

다신 돌아오지 않을 발치 아래 엎드려 일탈을 꿈꾸다가

무턱대고 집어삼킨 미완의 독백처럼

가슴 한구석은 어느덧 그악스러운 시름으로 차오릅니다

언젠간 영혼을 짊어지고 사라지려는 듯

외따로우니 몸을 말아 초록빛 다부졌던 언덕길에 갈잎으
로 떨어져서

저리도 두런두런 바스락거립니다

되는 대로 날 세운 엄동설한도 어쩌다 놓칠 뻔한 뒤틀렸
던 모퉁이를 팽팽하게 잇대어

초점 잃은 눈빛으로 드넓은 벌판 내달려 보아도

남달리 번져간 회한이 막연한 불안과 마주칠 때마다

못갖춘생각은 바닥을 드러낸 채

머지않아 가는 길 막지른 봄기운에 아근바근 밀려

앙당그러진 겨우살이 짊어지고 자취를 감출 것입니다

날 선 어둠은 까만 먹물 내뿜으며 온 누리 차지할 기세인데

저도 이젠 심상한 눈꼬리 묶어 둔 모국어 몇 자 추슬러

한층 더 깊어진 무명無明의 침묵에 망설임 없이 잠기렵니다

창밖엔 여전히 허공을 여읜 바람이 떠돌고 있습니다

# 시간을 쓰다듬는 불빛 아래서

세월의 귀밑머리가 아랑곳없이 풀려지고 있습니다
선바람으로 뜨겁게 넘나들던
지나온 시절의 걸음마다
숨 가쁜 사연들이 주저리주저리 열리고
떠오른 아련함 속에서 하고 싶은 말들 골똘하게 손 내밀
어 궁굴려 보다가
시간을 쓰다듬는 불빛 아래 멈춰 서 있습니다
빈 자리에 새겨진 추억들이
고뇌에 찬 삶의 끄나풀에 묶이다 보니
어쩌다 쏜살같이 불꽃같은 유혹에 휘둘려도 보았지만
선뜻 절정으로 치닫지도 못한 채
하마터면 놓쳐 버릴 뻔했던 수심 깊은 비망備忘으로 남겨
두었습니다
심약해진 가슴에 고스란히 드러난 애증을 더 이상 모르
는 체할 수 없어
우린 누가 더 서로를 함부로 그리워하고 있을까요
여전히 묵언 속에 내 마음 있었건만
그대는 나에게서 한 뼘씩 멀어지고 있었습니다

# 세상 밖으로 후회를 쏟아내며

한마디 말도 없이 걸었습니다
미처 여미지 못했던 샘물 같은 기억들을 떠올릴수록 머릿속에선
위로 받지 못한 상처의 뒷모습을 봅니다
입술을 깨문 채 충혈된 눈으로
늘 제자리에 있는 듯 엉거주춤하였었는데
어둠에 묻힌 저 멀리서 인기척 소리 들릴 때마다
금방이라도 누군가 다가설 것 같은 순간입니다
함부로 꺼낼 수 없는 넘겨씌운 사연들이
마음 둘 곳조차 바이없어 추억 속의 여운으로 남을지라도
슬하에 무턱대고 붙잡아 놓은 잃어버린 날들 위해
걸어온 길로 부리나케 발길 돌려 처음부터 부끄럽지 않게 떠돌다가
텅 빈 짐짝 같은 몸뚱어리 뒤척여
날카로운 모서리를 움켜쥔 죄 많은 심정으로 정좌하려 합니다
세상 밖으로 이어진 어딘가에서
깊어진 후회를 뒤집어쓰고 아득해질 것입니다

# 떨려 온 아침 속으로 냅뗘 달리다

꼬리를 무는 풀리지 않는 생각들을 안추른다

눈시울 면면 물들이며
되돌려야 할 순간들이 밤을 패 가며 온다

내 것 아닌 일상의 꿈속에서
얄망궂은 뒷모습 잡아 보려 부단히도 터울거렸는데
기다리고 있는 것은 메아리만 집어삼킨
늦부지런한 허공의 숨소리뿐
시작과 끝이 맞갖지 않아 이르집은 날들 엮어
설익은 미혹의 고개 잔다라니 흠척거렸다

옥죄인 질곡의 이랑 속에서 노드리듯 쏟아 낸 채찍질이
살얼음판 위 맛문한 걸음발로
헐렁대는 신발짝으로
숫눈길에 어긋버긋 놓인 자취로 남은

제풀에 겨운

슬픈 짐승 같던 미완의 시절이었다

지난 시절 너나없이 들춰낸 뒤엔 아플 만큼 후무려
낙차 큰 숫자들을 어름적거리는 동안
지평 너머 떨려 온 아침

다짜고짜 타오른 한줄기 햇살과 맞붙기 위해서라도

직심스런 앙가슴 댓돌같이 여민 채
판설은 무르팍 일으켜 세워
옹둥그러진 마음이나마 펼쳐 들고

드리워 봐야겠다 닿아야 할 사방의 테두리에

# 생각 끝을 에도는 여음餘音

　해질 무렵 발길 끊긴 산기슭에
　다정한 몸 우러러 푸르름 거두는 나뭇잎들을 수수러진
눈빛으로 바라다본다
　한 뼘의 유혹에서 아직도 벗어나지 못한 안과 밖이 서둘
러 자리바꿈 하려는지

　미동도 없는 문을 열고 나가
　허둥거린 발걸음으로 싹눈 틔우던 길섶 가장자리에 기어
이 서면
　소리 높여 차오른 산그늘은 까닭모를 숨결에 여러 겹의
지난날 펼쳐 놓아야 한다고
　땅거미 내린 언덕배기 돌아들어 길게 누운 저녁노을로
세월의 거친 때 닦아내는데

　허술한 욕망의 빈 보따리를 걸메고 벼랑 끝 위태로운 모
서리에 매달려 있는 것처럼
　발밑에 쌓인 삶의 무게 낙엽 한 장 더하여 실어 보내기
로 하자

# 희망이란 두 글자

세상에 존재하는 수많은 언어 중에서
희망이란 두 글자처럼 제 스스로를 일으켜 세워
살찌워 줄 마음의 양식은 없을 듯싶다

어둠 기운 햇살이라도 한 줌 고이 접어 간직하고 있다면
움켜쥐고 있는 동안만큼은
장밋빛 속삭임처럼 다가와 가슴 뜨거우리라

짓누른 세월의 무게 견디기 위해 망설일 적마다
길 밖에 촘촘히 감추어 둔
한 가닥 실오라기 같은 표지석처럼
동동 구른 굳센 의지 가져 보려 함일 테니

행복과 불행의 경계가 지금 당장은 모호하여
애태우 날들 불쑥 늘이 길지인성
진자리 어그러진 마른자리 더할수록 점차 나아질 성싶은
돌이킬 수 없는 믿음으로
그래서 희망이란 두 글자 버리지 못하나 보다

# 기억이 벗어던진 시간의 거리만큼

손에 쥔 것을 꼽았으나 줄곧 빈 하늘만 우러러본 사위스러움으로 어쩔 수 없는 마음 훔척거린 절제된 정염情炎을 다독인다
밤새운 흔적 하나 남기지 않은 채
몇 걸음 앞도 분간 못해 오래 떠돌던 발자국처럼
아무도 궁금해 하지 않아 알아채지 못할 속도로
지난날들 추스르며 돌이켜 본 사람들은 깨알같이 감긴 눈 부라리며
멀어져간 시간의 거리만큼 대중해 보려 했을 텐데
기억이 벗어던진 무게의 높낮이에 따라
부르튼 발바닥은 지금쯤 멍징하게 아물었을까
얽히고설킨 살아가는 지혜와 끊임없이 좌우충돌하면서
들이뜨려야 할 누군가를 수소문하였더라면
더 가까이에서 큰 소리로 질책 받았어야 마땅했으리라
어느새 등 떼밀려 뒤따르는 모든 길과 멀어질수록 다짐해 보던 옛 맹세의 눈물 서너 방울로 가슴 한쪽 다짜고짜 채울 순 없어
아무리 나아가도 옴나위없을 적엔

거듭 반복하여 가야 할 길 허겁지겁 되물었었다

후줄근히 머물다 얼마 못 가서 떠난

엇박자로 이어진 험로의 한가운데를 가로지를 때까진

지상의 모든 유혹들을 간신히 억누른 심정으로만 덮어놓
고 뿌리치기에는 마음 한 켠이 허물어져 내려

동강난 희망 꿰매어 못 본 체하다가 어느 누가 들어도

더 높아진 지평 위로 올라서야 했을는지

저 혼자 곤두박질치다 너울에 파묻힌 잔물결같이

갈 길 바쁜 욕심은 달콤한 환상에서 깨어나지 못하고

들고난 한숨으로 어루더듬었는지 모르겠지만

훌쩍 자란 달뜬 열기 테두리를 허물고 싶진 않았을 거야

무릅쓴 난관에 떨치고 간 만큼 노출된

심장이 곧장 내지른 서릿발 같은 소리 그때서야 들려온
듯하여

온통 벼른 한곳으로 쏠리던 날늘의 환한 웃음부터

소리 내어 터뜨려 보긴 어려울 것 같아

정처 없는 삶의 질곡桎梏에서 꼼짝 않고 머무르기 위한

더께 앉은 염원이라도 새김질해 봐야겠다

# 호명하는 순간들마다

바람의 손을 덥석 잡은 외로운 사람들이 하루를 시작하는 아침부터

어수선한 생각들을 부지런히 덜어내며 햇살이 내뿜는 그림자 속에서 서성거리고 있었다

숨어 있던 아픈 사연 어느새 뒤로한 채

때론 조바심에 엉거주춤 사로잡혀

설익은 밤의 시름을 여의기 위해 지친 몸 씻기우던 시간조차 새김질하는 사색에 잠길 동안

한 몸과 같은 번뇌를 버리어 열린 귀를 닫아걸고 오랫동안 꿈꿔 오던 소망들이 바뀔 적마다 날카로운 눈초리로 더 높은 곳을 가리키고 있었으니

굽어진 허리를 무표정하게 드러내며 있는 듯 없는 듯 발걸음 두 걸음씩 더 달려와 겸연스레 내민 손에 연민을 자아낼 즈음이면

어둠에 닿을 듯한 장막은 차라리 걷어잡고

켜켜이 환해질 미명의 나래 위로

낯선 바람의 뒤를 따라 종종걸음 쳐야 하려는가 보다

# 생각은 매순간 일렁였지만

꽃 진 자리에 새 이파리 돋을 동안
스며든 자취도 없이
누군가를 위한 시간 속으로 뛰어들 것만 같은
기다림의 나날들 우두커니 쌓여

예고도 없이 지워 버린 지난 날 기억들마저
밤새도록 위태로운 난간에 기대어
붉은 눈물과 뒤섞여
가쁜 숨 자지러지게 몰아쉬었다

차마 겉발림으론 나타나지 못한 채
온갖 욕심 말하려다 말고
꾸다 만 꿈속으로 파고든 공염불을 외칠 동안
몇 번인지 찬바람만 기웃거리는데

저만치 불러 세울 수 없는 낯선 길을 뒤좇아
떠나간 사람들이 마지막까지
딛고 간 자국에 비친 사연 떠올려 본다

# 믿음에 가닿지 못한 떨림조차

오래지 않아 숨소리를 죽여 사라져 버릴지도 모른
볶아치듯 내팽개쳐진 날들이
자나 깨나 부릅뜬 눈 치켜세워
그림자 속에 비친 어쭙잖은 표정들을 바라보고 있었다
애씌워 기다리지 않아도 가느다란 여운으로
초점 흐린 시선들이 뜨악하게 내지른 기억들을
심각해진 머릿속 철모르고 흔들렸던 틈바구니에 촘촘히
새기려 하였으나
이따금 치성 드릴 만큼 의외의 심정에 둘러싸여
미쳐 가닿지 못한 눈길 머물러 서성대다 진작부터 작정
하고 내쳐 달렸더라도
명성을 빌려 쓴 소름 돋운 떨림조차
빛바래어 너덜거린 표류하는 심정 헤아려
본래 자리 찾아 마침내 일어설 수 있었을 텐데
속까지 드러난 하늘 괜스레 잇대 잡은 초조함 속에서
어리석었던 시절 언제든지 헤적여 본 후엔
흐르다 만 눈물 몇 방울 떨쳐 내며
급기야는 기척도 없이 멀어지고 말았나 보다

미혹의 사슬에 빠져 고인 슬픔 삼킬지언정

믿음을 여윈 잔상殘像이라도 조심스러우니 남기려는지

억지 세우며 시야를 매워 보려 함부로 방향을 바꾼

망설거렸던 그 순간 들춰볼 동안

어쩌다 쉬지 않고 흘러가 버린

작은 소망이라도 두루 붙잡아 놓을 듯

불안에 떤 욕망의 허리춤에 한 겹 또 한 겹씩

어수룩한 목소리로 아우성치면서 묻어둔 속내 풀어헤친
다면

시간은 깊어 얼비친 어둠이 벌써 밤을 덮쳤건만

갈 데까지 함께하고 싶어 옴짝달싹 아니한 채

지상에 내려앉아 졸고 있는 별빛 몇 개 움켜쥐고서 밤새
워 제 무게 버티고 서 있었던 것은

발끝걸음으로 누군가 꿈결처럼 다가와

끌림 없는 마음 분어넣이 주길 원했기 때문이리라

# 지나온 시간을 드리운 채

때마침 기억해 낸 사연들을 끝 간 데 없이 헤적여 본다
내용도 없는 허술한 생각들로
머릿속 모조리 채운 뒤에도
몇 번이고 되풀이하여
불꽃같은 날갯짓 어우르려 맞대었으니

벌집 쑤셔 놓은 듯
자꾸만 따라다니는 내 것도 아닌 상념들을
떼어 내기 그리 쉽지 않아서였을까

망각의 끄나풀이 너무 단순하여 쉽사리 스쳐간
오금 저려 온 해거름에
본디 자리 무지갯빛 물들여 놓고
아무 일 없었던 것처럼 시침 떼었더라면

초점도 맞춰지지 않은 헛된 꿈의 가장자리로부터
거치적거린 온갖 가지 잡동사니 모두 다 묶어
눈 깜짝할 동안 흔적조차 없이 멀어질 수 있었을 텐데

희미한 발자국 여기저기 어설프게 헤뜨려 놓은 채
한참 만에 날 저물어 밤은 깊어 갈수록
때론 졸린 눈으로 지켜보다가
무턱대고 지었다 봇물 터지듯 허물어 버린
손 얹어본 이마를 가늠해 보는 마음 짐스러워

미루어 상상해 본 것만으로 그 무게 키우며 내달리던
내가 할 수 있는 일의 전부와
하지 말았어야 할 나머지 목록들까진
같은 셈법으로 끈질기게 종잡았어야 했다

어둠에 닿아서도 애처롭게 침묵하는 그림자 따라
짐짓 헛디딘 더 깊어진 틈새의 가장자리를
여하히 채워 나갈지에 대하여
마뜩찮은 눈으로 모든 걸 남색하려 결심한 순간
저만치 지평을 딛고 선 해님이 아침을 열고 있었다

# 문득 떠오르는 스쳐간 이름

미동도 없이 견뎌야 할
묵도默禱 속에서조차 찾을 길 없던 힘겨운 모습
슬며시 자리 잡을 즈음
늘 그랬듯 스쳐간 이름 문득 떠오르는데

어떤 상관도 없이 서서히 이어지는
침묵과 침묵 사이에서
명상에 잠겨 주춤거리던 발걸음은

녹슨 난간 부여잡은 술 취한 바람처럼
잊었다고 단호하게 벌써 눈길 돌려 버린 뒤에도
묘연히 넋을 놓고 있었다

선뜻 멀어지지 못한 채
가쁜 숨결 뿜어내는 곤두선 기억들만
차갑게 잠든 마음 소리 내어 깨어날 때까지
눈시울 붉어진 허공 속 바라보다가
가슴 깊이 새겨 놓은 것들을 펼쳐 보고 있었다

# 비껴선 길에 서 있는 것처럼

남모르게 드리워도 훤히 보인 거울 속을
온몸이 흔들릴 때마다 보았으련만
그래도 두 눈 부릅뜨고 들여다보면서
가슴속에 묻어둔 깨진 꿈의 아련한 높이만큼
넘치는 못물처럼 어설프게 더듬어 가며
아린 속살 자작자작 씻어내려 한다
타고난 성품이 천사처럼 착한 사람들도
한 번쯤은 어느 땐가 보았을지도 모를 모습들을
에두른 손끝으로 그들먹하게 확인하려 함인지
허투루 꿈꾸듯 걸어온 길 멈춰선 채로
누군가 불러 숫자를 셀 적이면
조바심친 마음 둥글게 말아 올려
혼곤히 내디딘 발자국에 땀방울 벌써 고였을 텐데
가야 할 곳으로 눈길 모으려던 참이었을까
환청처럼 들려오는 내책 없는 아쉬움에
알은체도 안 한 시간 베어 물다가
회한으로 가득 찬 기억들이 고뇌에 취하여
막다른 골목을 돌아 나와 주춤거리고 있었다

# 오늘 같은 날은

별빛 속으로 댕돌같은 밤이 어른거릴 때면
거기 우두커니 내가 서 있었다
언제 적인지 한참 동안 붉게 타오르던
죽을 만큼 아린 기억도
절묘하게 새로운 모습으로 숨어들어
불빛을 감춘 어둠의 날개 뒤에 함께 있었다
별안간에 발붙일 곳 비집어 가뭇없어진 마음
알맹이는 가고 껍데기만 남아
다사로운 추억 곱다랗게 되짚을 적마다
허물 벗는 어느 슬픔의 가슴앓이였을까
이따금씩 드물게 보이지도 않은 청맹과니처럼
피곤에 지친 눈꺼풀을 떨어뜨린 채
쉼 없이 부끄러운 숨결 고르다가
저 홀로 마주보며 돌아선 발걸음이
오래지 않아 그 어딘가에 닿으려 했었는지
말하지 않아도 아물지 않은 상처를
허술하게 꺼내 놓을 수 있었을까 궁금해진다
바람이 소슬히 불어 댄 오늘 같은 날은
눈앞을 스쳐 지나갔던 무심한 얼굴 지우려고

긴긴 밤 지새워야 하는가 보다
아직은 어디로 가야 할 지 몰라
아무것도 이르러 닿지 못한 외로움에 묻혀
어둡고 차가운 심연의 한복판으로
끝없이 추락하는 이 세상 곤한 사람들을
이렇게 밖에 지켜볼 수 없어 눈물겨워진다
가고 오는 사람들이 더 깊어진 고요 속에서
헝클어진 모습 붙들어 놓은 뒤부터
어둠 안 밝히는 등불을 켤 때
저물어간 비릿한 지평 위로 헛웃음 터트리며
제 얼굴 가린 바람이 분분함에 홀려 머뭇거리는데
더 이상은 한 발짝도 움직일 수가 없구나
텅 빈 모서릴 여력을 다해 벗어 나와
드디어 그대에게 보낼
정해 놓은 침묵 속으로 이어질
단 한 번의 빛바랜 맹세를 등 뒤에 곁달은 척
하염없이 쌓이는 고독을 고스란히 담아야겠다

# 깨닫지 못한 부끄러움 몇 개

지금부턴 저 아스라한
얽아맨 멍에를 풀쳐내어 적막을 깨우는 실마리를 찾아내
야만 한다

어느 즈믄 길의 기나긴 여정 속에서
빛과 어둠 사이를 숨 가쁘게 오고 가던 영욕榮辱의 날들도
격정을 참아낸 세월 속으로 띄워 보내야 한다

발길에 차인 여러 겹의 우연처럼
믿을 만한 마음 줄지어 세울 확신은 있었을까

아무도 모르는 체할 하나뿐인 이름으론
도저히 범접하지 못할 것 같아
머릿속 의지가지없이 제멋대로 흔들어 대며 꿈속에서도
아랑곳조차 않을
감돌아든 소리 닥치는 대로 지워 버리려고 작심했었는데

번개처럼 전율하던 순간들이 쥐꼬리만큼 남겨 놓은

종아리채로 성의껏 난장질했을 오래전부터
진실 속에 거짓을 숨긴 어리숙한 살피를 넘나들어 한 발
짝도 못 뗀 수렁 속에서 허우적거렸을지라도

하찮은 믿음에 사로잡힌 마음 털어놓을 적엔
내 것이 아닌 본디의 자리로 나래 쳐 갔어야 했다

기울이지 않아도 자만으로 가득 차오른 가닿지 못한 또
다른 곳에 이르러서야
어제를 요령 없이 훔쳐 낸 하룻길로 숨어 들어갔었는지

지금에 와서도 그때와 닮은 생각들의
깨닫지 못한 부끄러움 몇 개는 몸을 부풀려
만나고 헤어지던 누군가에겐 이실직고했을지도 몰라

햇살의 밝기를 부산스레 조절하던 애틋한 손길마저
남몰래 머리 위로 들어 올렸을 땐
가슴을 짓누른 망각 속에서 하마터면 쏟아낸 눈물 위에

인연을 잇대어 자비를 베풀려 했으련만

 허공을 팽개친 낭떠러지 끝에 매달린 지경에 닿아서도
누구든 움켜잡을 징표로 가다듬어
 하나같이 바라다볼 머리맡에
 주저앉은 사람들의 포기할 줄 모르는 표정까지
 낯선 눈빛 속에 막무가내 그려 넣었으니

 서릿발 같은 자세로 가야 할 길 접어들 동안
 내리막의 뒤안길에서 어쩌다 시침까지 뗀
 실패한 인생보다 성공한 인생이 더 겸연스러워

 구차한 변명조차 아무 때나 끌어안아
 서서히 고개 든 섣부른 욕심 도렷하게 보내기 위해 단청
 피운 마음의 피안 줄 세워 놓은 채

 불분명한 전언일지라도 무작위로 날려 보낸
 낯간지러운 미소와 이젠 발맞추려 한다

# 제2부

## 눈길조차 모른 체하고

# 아직 기록되지 않은 날들

신발 끈 조여 혼신의 힘을 쏟아 달려왔건만
내세울 얘깃거리 하나 남겨 둔 게 없어
참아 온 마음만 제멋대로 법석거리는데
뼛속 깊이 파고든 천애의 바람 타고
벌써부터 얼어붙은 땅 위로 진눈깨비 휘몰아친다

뒤늦게 슬픔을 움켜 쥔 채 강기슭에 내팽개쳐져 긍휼을
달래는 갈대처럼
어느 차가운 손바닥에 속속들이 닿아
고독한 순간 타전할지라도
누군가와 맞닿은 눈길 주고받고 싶었던
그리움을 돋운 날들이 설핏하게 기운 곳에서

타 들어간 가슴 속에 무구한 마음 정처 없이 올려놓고
외가닥 길로 저어들어 오체두시 사림으로 묵상에 잠길 때
까지
영문도 모른 기억마저 모두 거둬들인 뒤
밤하늘 내리기 전에 종부돋움해야 하는가 보다

# 잃어버린 것들과의 대화

　세상 물정 알 만큼 알 만한 나잇살 되어서야 오고 갔던 날들 잠시간도 잊지 못해 꾸다 만 꿈의 내력을 반복하여 되묻곤 했다

　어느 날인가부터 우두커니 서 있는 버릇에 길들여져

　밤하늘 가뭇없이 바라볼 때면

　수많은 별 가운데 마음 내킨 별 하나 있을지도 모르겠단 어쭙잖은 생각에 무턱대고 사로잡혀 불면의 날들 보내기도 했었다

　어디선가 가슴팍 치며 주저앉아 있을 것만 같은

　차갑게 비춰온 불빛들의 주저로운 출구를 찾아

　밟아도 꺼지지 않을 자세로 뛰었어야 했는데

　한 켜씩 깊어 간 지척에 널린 이름들조차 힘들여 떠오르지 않았으니

　살아가는 일이 안개 속 같다는 걸

　어렵사리 주워듣고 눈치 챘을 땐

　변명조차 할 새 없이 밤을 지새운 뒤였었다

　노회한 푸념만 늘어놓은 채 불문곡직 부끄러운 기억까지 모조리 불러내어

아픔을 잇댄 모서리에 어쩌자고 잇대려 했었을까

하루아침에 부모 잃은 아이처럼 남아 있는 것이 아무것도 없을지라도

죽을 만큼 그리워 으르대던 마음자리 끊어졌다 이어지며

무연히 떠오른 모습

더 낮은 데로 떠날 수 있을 때까진 맞갖잖은 손가락으로 고개 숙여 연신 되짚어 본 구름 사이에 숨어든 햇살만 헤아리면서

바짝 엎드린 몸 한달음에 일으켜 세워

무량한 날들 떠난 뒤에도 잊히지 않도록

어둠 속에 감춰둔 불씨 한 점 움켜쥔 채 견딜 만큼 참아 가며 기다려야겠다

미루어 만날 것을 기쁘게 가늠하여

제 몸 무게 벗어던진 헐거운 가슴 위로

그때쯤에 차가운 눈물 몇 방울 떨어지고 있으리라

# 돌지 않는 바람개비처럼

한 치 앞을 섬세하게 봐도 잇따라 길이 없고
내처 뒤를 봐도 갑작스레 까마득한데

메아리조차 기울어진 볼멘소리로 남은 듯
마음 둘 곳조차 하나같이 바이없어

날이 갈수록 무장 외로워지다가
무형의 곡선 위에 별의별 생각 떠오를 때면

가보지 못한 낯선 풍경 어딘가에
찾고 있는 것들 서너 개쯤 있을 것만 같아

한쪽 눈 자랑삼아 뜬 것은 순간이라 하지만
제 몸을 날릴수록 옥죄어 든 사슬을 풀고

머뭇거리던 버둥질이 견디다 못해
맨땅을 차며 너울 속으로 뛰어들고 있었다

# 노드리듯 서로를 위하여

한평생 살아가면서 우리가 어디에 있든
서로를 위하여 주저로운 마음 열어
연민의 정 가들막하게 떨쳐낼 수 있다면

지금 내 머릿속엔 잊힌 날들 줄 세워
아득히 닿으려는 생각으로
예전부터 그리워하던 것들을
계속해서 만나고 싶다는 자맥질일 테니

돌아갈 곳조차 잃어버린 알량한 사람들은
괜스러이 몸 둘 바를 몰라
가슴 가득 차오른 슬픔 모른 체하고
이르는 곳마다 연거푸 달싹거렸을 텐데

떨리는 손끝으로 써 내려산 문상 속에선
시름의 깊이를 헤아려 줄 매잡이를 풀 듯
여문 노둣돌이 되기로 하자

# 봄빛 따라 아롱지며

　별안간에 들이닥친 깜짝 추위와 마주치다 보니 그대의
손길이 오늘따라 그리워진다
　귀 기울이지 않아도
　굽이쳐 넘실거린 파도 소리 들려오는 듯
　바구니에 가득 찬 봄소식 안고서
　저 멀리서 누군가 오고 있는 것만 같은데
　마음 한 겹 벗어내지 못한 채
　풍찬노숙 시린 풍경 속을
　창백한 눈길로 숨 죽여 바라보는 동안에도 그루터기엔
새순 돋아나와
　강아지 꼬리처럼 자꾸만 살랑거린다
　아직 바람 끄트머리는 얼음장 같이 날카롭지만
　풀어헤친 작은 가슴에 메마른 꿈 키워가며
　놀랄 만큼 즐비한 순간 훔치려는지 어느새 햇살은 창밖
에 종종걸음으로 와 있구나
　모두 다 기다렸던 날들인가 싶어
　주체할 수 없는 가슴이 갑작스레 뛴다
　날을 더하여 사람들은 무리지어 잦아지고

묵은 옷 벗어젖힌 새들의 날갯짓도 힘차지겠지

우듬지 향해 치닫는 앳된 초목들마저

일제히 아우성치면

이런 날엔 꽃불처럼 타오르던 너를 만나

넝마 같은 빈 몸일지언정

꽃그늘 아래 마주 보고 앉아 정겨웠으면 좋으련만 해질
녘 달음질치는

천진스러운 어린애 마냥

미처 가시지 않은 아린 여운에 감쪽같이 휩싸여 한 시절
가녀리게 피었다 사라진다 해도

믿음 깊게 스민 삶이라면 만족할 테니

청량한 아침 이슬 위에 고스란히 그대 얼굴 띄워

신발끈 죈 발걸음 아무 때나 재촉하면서

다정한 웃음 묶어 날려 보내련다

운명 같은 날늘 다부지게 끌어당겨

이 길의 끄트머리까지 함께했으면 한다

이제부턴 하늘 가장자리 맴도는 봄빛 따라 샌 걸음에 아
롱지며 달려가 보자꾸나

# 눈길조차 모른 체하고

맛문한 발걸음 정처 없어
마음은 어언지간 지평을 밟고 선 자리에서 만나야 할
낯선 길이나 들여다보다가

에둘러 핑 돌아 흘러내린
제 눈물 속까지 비추어 주면서

참을 수 없는 회한을
허공 깊숙하게 쏟아 놓은 채
잠 못 이룬 밤 향해 목소리를 높여 으름장 놓더니만

아침이 오면 먼 메아리처럼 기별조차 없는데도
공연스러운 욕심에 사로잡혀

날마다 모른 척할수록 가슴으로 쏟아져 내린 숨결의
초점 잃은 시간 속으로
곤두박질친 모습 지켜보고 있었다

# 힘을 내서 다시 한 번

겉으로는 내세울 만한 것들이 아무것도 없다는 듯
불안해진 눈빛은 죄 없는 발부리만 내려다본다
가녀린 상실의 아픔에 저 홀로 도취되어
오래전부터 마음 한 자락씩 벌써 스쳐 지나갔을
긴 시간 견뎌낸 인고의 불잉걸처럼
주체할 길 없던 기억들마다 수천 번 숨죽인 채
짙게 드리운 생각에 잠겨 안간힘 써 보았을 텐데
흘러내린 이마의 땀방울은 누가 미리 닦아 주었을까
바람조차 주저앉아 가슴 풀어헤친 날
보이는 것 하나 대저 없을지라도
하얀 여백에 스며든 지울 수 없는 표시 있을지도 몰라
비밀에 쌓인 고독한 꿈 무턱대고 좇아
잃어버린 날들이 소리도 내지 않고 오려나 보다
저 멀리 그 끝을 알 수 없는 몇 갈래 길에서
중심 잃고 비틀거린 침묵마저 깜짝할 새 거두어 들고
켜마다 젖은 목소리 어렵사리 알아챈 순간
끝 모를 황홀로 기어코 피어오를 빈 들녘 향해
그래도 힘을 내서 다시 한 번 가 봐야겠다

# 헤살 놓는 눈부심 속에서

기다렸다는 듯이 여기저기서 수런거린다

눈여겨보지 않아도 산과 내와 풀과 초목 사이로
제 몸 온기 점차로 포개더니만
바람에 귀 기울여 몇 마디 나누지도 않은 채
돌연히 고개 돌려
들판을 가로지른 아지랑이 무동을 탄다

한낮의 길이를 고스란히 늘어뜨려
오고 가는 발걸음 재촉하다가
기다리던 소식 찾아올 무렵
잃어버린 지난날에 비명 친 꽃 진 자리
마침내 싹 틔우려 함인지

있는 힘껏 수맥을 밀어 올려
슬그머니 내민 얼굴에 골똘한 기색 감춰 두고
곁눈 팔아 연둣빛 옷 입으면
사람들은 환하게 웃음으로 화답하리라

푸르름 일구는 싱그러움에 너나없이 빠져들어
마음 죄며 감돌아들다 하늘거릴 적에
춘분 지난 어느 청명한 날
피는 줄도 모른 채 저 혼자 피어난 꽃들은
황홀한 표정으로 흐드러질 텐데

거침새 없이 헤살 놓는 눈부심 속에서
땅 위를 굴러 귓가에 남아 돌 동안
얼비친 풍경 그윽하게 바라다본
오르락내리락 누군가 재 넘어 뒤척인 소리

색채음으로 갈 길 바빠진 골짜기마다
겨우내 움츠렸던 마음 꺼내 들 때쯤
수줍은 눈망울 그 안에 담아
꽃물 들인 모습으로 남겨 놓으려는 듯

기쁨에 넘친 발걸음 앞장서서 달려가고 있다

# 낯선 외로움에 어우러져

어림잡아 여든 살은 간단하게 넘어 보인
노 부부 더디 가는 산책길에서
처음 눈 맞춘 뜨거운 인생길 따라
한평생 함께 이룬 정감 어린 동행일 텐데

몇 조금 뒤미처 온 할머니와
앞서거니 뒤서거니 발맞춰 가려는 듯
마침내 허리 펼친 할아버지

사랑이 머무른 한 폭의 그림 같은 모습에
먼 훗날의 나를 훔쳐본 것 같아
한참 동안 울컥 눈물 배어든 채로
고개 떨군 생각이 주저하며 떠오른 순간
눈길 돌린 뒤에도 참을 수 없어

다 내려놓고 가는 시간 붙잡기 위해
저문 해거름 속을 불쑥
낯선 외로움에 어우러져 내달리고 있었다

# 꼭 한 번쯤 그에 맞춰

영원과 맞닿은 마법의 징검다리처럼
한 생애 이어질 듯 여울졌지만

어딘지 모르게 스쳐서 지나갔을
떨쳐버리지 못한 날들의 희미한 기억 속에서
모래알 같은 무연함에 허공을 친다

감당하기 어려운 마음 내려놓지 못한 채
큰소리치던 내가 미워서
아무런 말도 차마 하지 못하였었는데

번져간 시간 속에서 어깨를 비비적거리며
마땅히 확신에 차오를
서로의 손 꿈꾸듯 맞잡은 채

기다려 온 아침 마침내 열어 준다는 생각으로
꼭 한 번쯤 그에 맞춰 환해지기로 하자

# 저려오는 붉어진 눈시울


저마다 가고 싶은 곳으로 잇닿은 길 있었다면 세상 뒤집
어 볼 필요까진 없었을 텐데 생각대로 움직여 줄 것 같은
실답게 보인 길 하나 여태껏 마련하지 못했다면
　허둥댄 조바심에 불안하다 못해 부끄러워진다
　근심 걱정으로 반색하며 절망하는 중에도 눈동자에 내비
친 가느다란 희망
　읽어 내리다가 잊을 만하면 결연히 일어서려 했었는지
　헤아릴 수 없이 많은 사연 풀어놓은 채
　발길 사로잡는 여기저기에서
　이대로 주저앉으면 안 되겠다 싶어 마음 가지런히 정돈
하여 피곤에 절은 몸뚱이로 하루 종일 보냈으련만
　일손 마치고 돌아선 사람들마다
　빛바래어 물색없어진
　오래 전에 막 내린 축제의 현수막 위를 뚫어지게 바라보
았을 텐데
　밤새도록 천연덕스레 서성거리고 있었을지도 몰라
　왠지 붉어진 눈시울만 무람없이 저려온다
　가진 것들 제아무리 흘러넘친다 한들 마지막에 가선 모

두 놓아둔 채 떠나가야 하는 것을

  손에 쥔 것이 몰라보게 적다 하여

  무한정으로 움츠러들어 낙담할 일도 아닌 것 같다

  차라리 고독한 외톨박이가 될지언정 이르는 곳마다 부유
하던 미망에 빠져

  눈을 뜨고도 묵묵부답 기울어 간

  치명적인 결백함에 대해 사뭇 죄를 씻는 심정으로 언제
한 번 빈 허공이라도 올려다보면서 홀로 남겨질 날들을 비
로소 천천히 가늠해 보아라

  시작과 끝이 마치 똑같다는 듯

  가슴 속에선 어지럽게 요동치고 있구나

  마음 놓고 치켜세워 줄 사람 천지간에 없다 해도 비껴선
것들조차 이젠 익숙하게 보이려 한다

  곧바로 깊다란 잠에서 깨어날 때까지

  지금은 애면글면 가쁜 숨결로 꿈꿀 시간인가 보다

# 마음 1


　더 이상은 한 순간의 흔들림도 없이 어리석을 우遇는 범
하지 말고

　막다른 골목에서도
　진실은 결코 둘일 수 없다는 옛 맹세의 뉘우침을
　귀 기울여 들어가며

　자나 깨나 가슴 떨리게 하는 시詩와

　돌아가신 어머니께서 살아오신 것인 양 이제까지 저지른
불효 속죄하는 마음으로
　나를 꼭 닮은 세상에서 제일 예쁘디예쁜
　귀염둥이 손녀 예빈藝賓이를
　하늘만큼 땅만큼 죽을 만큼 사랑하면서

　저마다 잘났다고 우쭐거리는 사람들의 틈바구니에 가까
스로 끼어
　한 걸음 한 걸음씩 운명처럼 살아가면 어떨까 싶다

# 너나없이 마주칠 때마다

까치발로 힘을 들여 채운 어루더듬은 언어들이
잊은 듯 잊힌 듯 멈칫거렸지만
발길 닿는 대로 그림자 드리운 채
자욱한 빈 터에 저 홀로 우두커니 서 있었다
무턱대고 스스럼없이 불러보던
한껏 낮춘 노랫소리 높낮이를 떠올려 보다가
어디까지 메아리치다 스러졌는지 몰라
한걸음도 내딛지 못한 나락 속으로 추락하던
꽃잎 같은 그리움의 속내를
곁들이려 한 여념으로 서로에게 이으려는 듯
숨죽인 달그림자 우러르는데
이제 와서 무슨 죄라도 터무니없이 지은 것처럼
창백하게 일그러뜨린 모습으로
별무리진 어디선가 들려오는 한 마디의 말
건네려 한 순간은 늘 아득해서
닫힌 줄 알았던 마음의 문이 환영幻影인 척
흔적도 없이 스쳐 갈 적에
다가설 수 없는 허공이 다가오고 있었다

# 머물다 간 자리

꿈꾸는 천지간에
그 어디에도 없을 것 같은 무아의 경지까지
발걸음 흔들리지 않고
마침내 도달할 수 있다면

내가 잃어버린 것들은 모조리
정수리에 박힌 비열해진 탐욕들만 붙안은 채
슬픔을 참지 못한 볼품없는 잡동사니처럼

빈 공터에 홀로 남겨져
처량하게 비틀거리고 있을 것이다

퍼붓는 야유와 조소가 쏟아진다

걸어온 만큼 가야할 곳도 안개 속일 텐데
훗날의 나를 헤아려 볼
희미한 불빛마저 사라져 버린다 할지라도
내용도 없는 허술한 기억들은

무엇을 말하려고 낯선 곳을 무작정 바장였는지

심장이 점점 차가워지는 동안
깊어 가는 저물녘부터
거꾸로 흐른 날들이 하도 아득하여

가는 길이 보이지 않을 때마다
고적함을 이기지 못해
스쳐가는 바람에게 지청구 하면서
세속에 오염된 허욕들을 뿌리쳤어야 했었을까

서둘러 가닿을 어디쯤에선가

모든 것 닻 감아 버린 시선이
아직도 숨 가쁘게 맞닥뜨리는 가슴 떨림으로
모른 척 무심히 지나쳐 갔을 것만 같아
이제서야 비로소
잊힌 그리움 남김없이 견디려 한다

# 여름을 움켜쥔 날들

이글거리듯 들끓는 검붉은 풀무질에
햇무리 껴안고 까무러질 것처럼
등줄기로 번져 나간 땀방울을 힘 모아 달랬지만
자세를 바꾼 눈빛엔 어지럼증이 번진다

일다 사라진 샛바람마저
어쩌다 다시 와 넋 놓은 채
짐스럽게 하루 종일 졸다 가는데

먹장구름 한 점 보이지 않아
바닥을 드러낸 금간 하늘이 자꾸만 원망스러워
설핏해진 정신 줄에 땀방울 얹어 놓고선
아무도 몰래 몸서리치다 휘늘어진
바래고 바랜 마음 들킬까 봐

한낮의 모닥불 속으로 뛰어든 열기 가라앉히려고
안달이 난 몸뚱어리 스스럼없이 비틀어
한줄기 소낙비라도 불러봐야겠다

# 눈[眼] 속에 눈[雪]을 묻으며

　하얗게 덮인 설산머리에 앉아 있는 붉은 노을 바라보고
있을 적엔
　빙벽 끝에서부터 이제 막 쏟아져 내릴 것만 같은
　번뇌를 벗어난 정토淨土 어디쯤 있는 듯하다
　어스름 감돌다가 적막에 들 때까지
　태곳적 모습처럼 신비스러움 새겨 두기 위해
　가다 길 잃어 멈춰 서길 바라는 가맣게 먼 숫눈길에
　흐트러짐 없이 그대로 여미길 바랬었을까
　자연은 인간의 마음과 한 몸이 될 것을 자나 깨나 바랐
을 터인데 구름 사이로
　어쩌다가 가까스로 고개 내민 해님이 행여 아는 척조차
모른 척한다면
　저토록 헤아릴 수 없는 속 깊은 우주의 섭리를
　두 번 다시 되풀이 보긴 어려울지도 몰라
　때 절은 탄성 깜짝할 새 자아내는
　하늘 땅 서로의 두 손을 잇댄 등마루에
　잠시간 앉았다 속마음 내비치며 멀어져 간 바람에게도
스스럽게 머리 숙여 정중히 경의를 표한다

# 가슴 한 편 휘저어 남겨 놓으려는

볕 좋은 곳을 휘달리는 여러 타래 나뭇가지 사이로
장난삼아 한쪽 발만 들이밀던
날개 돋은 소소리바람 안절부절 좌불안석이다

세한의 문턱 넘어 벌써 저 혼자 드나든 듯했으련만
애먼 옷자락 통째로 여민 사람들도
반쯤 접은 허리 더 옥죄려는지

살을 에인 얼음장 뚫고 나온 실낱같은 소리 들릴 적엔
거리를 활보하는 청맹과니처럼 다가와
줄곧 쌓아 올린 한 시절의 궤적 가늠해 본다

늘 성깃하던 지난 추억 안과 밖 황급히 덧칠해가며
고자누룩한 적막 속에서 기다린다는 것은

가슴 저민 상흔에 빠져 들어갈수록
알은체 한 번 안 한 깨달음 내비친 그 다음에야
저맘때를 일으켜 세워줄 비책이란 걸 알아차렸으니

묵묵부답으로 돌아앉아 신발끈 바짝 맨 사람들조차
명예와 수치스러움 어쩌다 마주친 그 즈음
굳게 사려 먹은 마음 사려 깊게 내동댕이쳐 보다가

모질음 쓴 세파 위로 발걸음 들이밀자마자
버려야 할 허세의 무게 늘리고 싶어
점찍어 둔 푯돌이라도 넘치도록 남기려 한다

참을 수 없는 충동을 참으려다 쇠락의 소리에 놀라
중심에서 멀어져간 가장자리를 헤적인 멋스러운 날들
아무런 상관도 없이 매달아 놓으려는 듯

자책한 횟수만큼 줄지어 선 온갖 생각 곁들여
어설픈 푸념의 돌파구 찾아
너무 이르지 않게 스쳐간 시곗바늘 뒤를 따랐더라면

빗나간 삿대질로 나동그라진 발목 부리나케 섞어 늘인
길도 없는 길에서 그래도 일어서야 했을까요

정지화면 같은 벼랑 끝에서 머뭇대는 부메랑같이
머릿속에 기록된 어디로든 도스른 손을 뻗쳐
하나뿐인 삶 차가운 맨손으로 일으켜 세우기 위해

순수를 외치던 푸르름 깃든 날들 한꺼번에 불러 세워
더욱 엄숙해진 표정으로 힘들게 외면해 온 매듭 풀고
갈 길 멀다 왔던 길 거슬러 바라볼 때

가슴 한 편 휘저어 그 너머까지 남겨 놓으려는 듯
보이지 않는 곳에 감춰져 아무도 모를 마음 하나

마지막 출정 같은 만장의 행렬 따라
영원히 함께하고 싶은 명분으로도 어쩔 도리 없단 걸
주어진 시간의 외딴 공간에 책상다리하고 앉아
밑줄을 그어 다시금 각인해 보려 한다

제3부

# 다가서면 멀어지는

# 새로 써야 할 나의 하룻길

한참을 정지된 화면처럼 은연중에 서 있어도
못 본 척 뒤따라온 적막감 위로
망각 속에 갇힌 기억들이 쏟아진다

번민에 둘러싸여 언젠간 잊히고 말
속절없이 반응한 머릿속 뒤죽박죽되었는지
귀담아듣고 싶지 않은
구부러진 생각 도스르며
하마터면 주저앉을지도 몰라

지금은 여음餘音으로 남아 안달복달 묻혀 버린
외로움에도 크기가 있을까 싶어
긴 밤 무릎 맞댄 채 지새우려 했을 텐데

지상의 모든 길들이 잇닿아 있다는 걸
가슴 치며 깨달았을 땐
빗나간 욕심에 기대앉아 쌓아 놓은
세월의 더께 어정어정 허물어뜨리고 있었다

# 또 하나의 그리움

어둠의 테두리를 매만지는 어쭙잖은 모양새에
지나쳐 가던 사람들마저
어찌할 바를 몰라 애련의 눈길 보내는데
그토록 기다렸던 저 높은 깃발 아래
불꽃같은 내 마음 머문 곳을 지나가리라 여겼던
달뜬 마음 실바람처럼 드리운 채
뒤란 한 편에 안성맞춤으로 쌓아 놓은 사연들을
이 한 밤 홀연히 펼쳐 든다
그대 또한 고즈넉한 잠에서 깨어나
젖은 지평 위를 아슬아슬하게 걸어와
곤두세운 나의 모습 무턱대고 보려 했었을까
시름없이 몇 발짝 옮길 적마다
언젠가는 가닿을 듯한
날 저물어 텅 비어 버린 정적靜寂 위로
가까이서 다가오는 것 마냥 그림자를 들뜨리면
두 눈 감고 서 있어야 할 누군가에겐
벌써 뉘우침에 지친 마음 스며 있는 듯
만신창이 된 몸 안출러가며 외로움 빚었으리라

내쳐간 그 옛날 아득하게 잃어버린 기억들조차
쉽사리 잊힐 헛된 꿈이 아니길 빌어 보던
기나긴 밤 지새운 손길로 써 내려간 우리의 약속들이
꽃 진 자리 그늘에 막무가내로 가리어져
시방도 갈래 진 길 어디쯤 남아 있을 것만 같아
아무려면 잊어서는 안 될 그루터기 위에서
얼어붙은 지난날들을 돌처럼 차갑게
자꾸만 마름질해 본다는 것은
거기 온몸으로 배회하는 고독이 있어
발을 동동 구르며 뒷걸음질 쳤기 때문일 게야
여전히 감당할 수 없는 두려움에 뒷덜미 저려 오지만
허겁지겁 또다시 어둑새벽 맞이할 때까지
진정 변하지 않을 사람이 있다는 사실 하나만으로도
오래도록 가슴 시리게 눈물겨워질
이젠 기다림이 또 하나의 그리움이 되어 버린
마음에 각인된 이야기 죄다 나누며
머뭇거리다가 놓질 뻔했던 끝 모를 미련
먼 훗날 옛 생각에 잠겨 띄우리라 전하고 싶다

# 내치락들이치락


누군가의 안부를 물어보던 모습은 애처로웠을 것이다

사람들은 차례대로 감추어 둔 속마음 털어놓으려는 듯
산산이 흩어져 갈 고함 소리 울컥 토해 내다가
불편한 낯빛으로 핏대 올려 수군거렸지만

타 들어간 가슴속은 어찌하여
알아볼 수 없는 징표만 어렵사리 남기고
몇 번이고 썼다 지운 고백조차 하지 않으려 하였는지

이르지 못할 사연들을 서로에게 내맡겨 둔 채

고즈넉하게 일렁이는 불빛 너머로
마냥 곧추 세운 여린 날개 이제 막 내려놓을 수 없어
놓아간 시간 속으로 멀어져 가는데

풀리지 않을 문제들을 줄 세워 본 순간부터
발부리를 밀어 올려 무념의 사색에 잠겼을 것만 같다

# 생각하는 마음 잇대고 싶은

흔들릴 때마다 자세를 바꾸는 하루해 따라
겨우 참아온 가쁜 숨 드리워진
잊지 못할 낯익은 곳에 언제쯤이면 마음껏 이르러

생각하는 마음 움키면 움킬수록
더 높은 깃발 아래 닿을 듯이 헤덤비다 노출된
살가운 날들 성깃하게 엮어
잇대고 싶은 여러 곳에 실오라기 같은 틈새도 없이
헤쳐 나갈 방법 언급조차 회피한 것인지

형체를 잃어버린 머릿속 빠져나와
드넓은 벌판으로 달려 나가는 돌개바람처럼
소용돌이친 가슴에 에두른 꿈을 담아
시종일관 빗나간 발길질로 변죽 울리는 동안에도
꼼짝 않던 먼 산이 덧걸린 짝 이뤄 다가서는데

이즘 들어 회한마저 가득 실린
뉘 부르는 소리 무심결에 들려오는 듯하다

# 더 나직한 몸짓으로

태어나면서부터 지녔을 풍찬노숙 같은 어려움
거뜬히 이겨낼 올찬 모습 생각해 볼 적마다

시곗바늘처럼 철모르고 내달리던
천성이 신실한 사람들마저
어찌하여 잠시라도 멈춰 설 수 있었으랴

믿었던 세상이 한꺼번에 무너져 내릴 때
가쁜 숨을 몰아쉰다는 것은
쉬지 않고 가야 할 길에 물기 머금은 소망이 아직
남아 있다는 징표일지도 모르는데

더 이상은 침잠할 수 없어
심연의 한복판에 기막힌 가부좌를 틀고서
끝 모를 번뇌로 제 속을 비우다가

게으름에 안다미로 빠지지도 아니한 채
무람없이 바쁘지는 말고

가녀린 등불 하나 도처에 켜 놓으려는 듯이
조금씩 나아가며 이루면 되리

한낮의 열기에 바람 등진 고단한 영혼처럼
초록동색草綠同色 불태우며 살아온 모습
마음속 뒤집어 준엄하게 나무라던
언뜻 비춰지는 발자국 위로
잠시라도 뿌리내리며 사는 것이거늘

욕심을 더하면 불행은 기웃거릴 것만 같고
덜어내면 행복이 찾아올 성싶은
할 일 없는 논리에 이젠 행여 토 달지 말자

작은 것에 알맞게 부끄럼타지 않으려 한
괜한 걱정거리 몇 개 가슴에 담아
더 가꾸어 나가야 할 아근바근한 날들 위해
고빗길마다 재바르게 움직이기로 하자

# 화장터에서 베어 문 슬픔

지난 일들 힘들게 돌이켜 회상하는 여민 옷깃 위로
순간과 영원이 깜짝할 새 어우러져
드러내지 않은 눈시울에 간신히 얼비친다

깨문 입술 사이로 터져 나온 터울거리는 울음을
빠른 속도로 삼키면서
발밑에 놓인 적막에 줄지어 다가선 기억들이
멈출 수 없는 이별을 가리키는데

마음에 연연한 구도자처럼 제 그림자 찾아
티끌 같은 만장 휘날리다가
무거운 침묵 속에 책상다리를 한 불꽃조차
들어 올린 한울로 발가벗겨진 채 떠나가려는 듯

바라다본 사람들의 늘어뜨린 한숨까지 한데 묶어
사라진 속도만큼 고인 슬픔 베어 물 때
그래도 못 다한 말 남았는지
언덕 너머 노을 속으로 사위어 가고 있다

# 다가서면 멀어지는

어쩔 수 없이 드러난 공허한 지경에 이르러서야 자취를
감출 것 같단 사실을 뒤늦게 깨닫곤 했다
진작에 얼마쯤 털어놓으며
내 마음 훔쳐간 사람에 대하여 잡아떼려 했었지만
시간은 흐르고 흘러 머뭇거린 사이에
눈길 한 번 보내지 아니한 채
애당초부터 층을 이뤄 장벽을 치고 있었으니 덩달아 곁
에 서서 동동거리던 사람들까지
속이 텅 빈 멍 든 가슴팍만 두들겼다
오리무중인 심중 꿰뚫어 본 뒤엔
여태껏 전하지 못한 그리움 속에 숨은 사연 미련인 듯
하소연인 듯 떨쳐 버리려고 치올려 든 생각 팽팽해지도록
술렁거렸던가 보다
어디 가려 놓은 데를 천 번 만 번 헤아린다 해도 차마 지
우지 못한 그대 모습으로 가득 찬 머릿속을
그쯤에서 엉겁결에 들여다보고 있을 때는
너나들이 모두 다 지난 일들 돌이키고 있었다

# 속수무책

두꺼운 옷가지 지금 곧장 벗었는데
햇살을 감추고 다가와서
발돋움하려던 땅덩어릴 빼앗아 버린
뜬금없이 찾아온 동장군冬將軍의 서슬에 깜짝 놀라
여기저기서 터져 나온 한숨 소리
잿빛 하늘 잔뜩 움츠러뜨린다

뜰아래 상심한 햇살
머지않아 들썩일 멋스러운 몸짓으로
부풀어 오른 가슴 쓸어내리며
종알댄 눈빛으로 다가서면

얼마 못 가 초록으로 물들일 한량없는 생각에 젖어
꿈꾸던 길 무심한 듯 붙잡고
외로움의 궤적만 가까스로 바라보던
겨우내 자맥질한 사람들을
아슬랑아슬랑 일으켜 세우리라

# 처음 사랑할 때처럼

눈길조차 주지 않은 사람을 찾아 나선 걸음마다 쉽사리
알아볼 수 있도록 두 귀를 곧장 세운 연둣빛 나뭇잎새
푸른 손을 가뭇없이 다급하게 흔들어댑니다
한 발짝도 지금 막 움직이지 못한
마주친 눈길 속 연민의 모습은
먼발치로만 바라보았을 그리움에 이따금씩 마음 내키는
대로 들이밉니다
끊임없이 휘도는 눈물겨운 기억 때문에
어쩌다가 고스란히 믿을 수밖에 없어
무거운 침묵 속에서도 발길 돌리지 못했는데
지나간 날들 떨쳐 내기 어려워 몇 번이고 시름에 겨운
가슴 위로 뒤미처 엎혀 봅니다
드넓은 사방의 둘레는 심장을 쥐어짜며
되뇌어 본 순간마다 무언가를 송두리째 남기려고 할는지요
달뜬 마음으로 언약한 처음 사랑할 때처럼
그칠 사이 없이 잇대어 안부를 물어 오는 목소리
희미하게 몇 번이고 들리는 것 같아 낯선 바람결에 그대
이름 들릴 듯 말 듯 불러 봅니다

# 애써 못 잊은 누군가를 향해

하루걸러 기다리고 있는 줄도 모르는 채
몇 번이고 서걱거리다가
지날수록 제풀에 겨워진 힘으론
돌이킬 수 없는 발걸음 멈출 수 없어

사위스러운 시새움에 이끌려
얼음장 같은 기억 되살릴 때까지

어쩌다가 마주친 부산한 거리를 벗어나와
오랫동안 참아왔던 주문呪文을
쉴 새 없이 외우고 나면

미루어 놓은 고백 그제서야 들어줄
사방의 둘레가 요란스러워지고

내동댕이친 모습
때맞춰 바라본 사람들의 한숨 섞인 표정마다
또 하나의 연륜을 더하려 한다

이쯤에서 오던 길로 되돌리기 전에
잊히지 않은 이름 꺼내어 써 보고 또 써 볼수록
애써 못 잊은 여운 가슴에 남아
한 켜씩 못 본 척 눈길 돌릴지라도

메마른 햇살 닦아 주는 마음으로
그리움에 물들어 간 소용돌이 속의 파문을
나지막이 가라앉히려는 듯
왠지 모를 눈시울 붉어지는데

누군가를 향해 숨 죽여 손 흔들어 주던
발가벗은 초라한 길 위에서
오고 가는 사람들을 감쪽같이 또 만난 것처럼
아무 소리도 내지 않고 불러 보리라

# 마음 2

저렇듯 나뭇가지마다 이파리를 무진무궁 물들이면서
가슴에 사무친 그리움으로 복받쳐 오르는데
까마득히 기다려온 애달픔에
거침없이 타오르며
여울져 간 적 있었는지 어림해 보면
뒷걸음질 친 발걸음에도 닿지 못한 마음 하나
깊어 가는 바람 소리인 듯 나직하게 두런거리고 있다

# 마음 3

    살아온 반경이 다른 사람들끼리 똑같은 행동을 할 것이
란 기대는 애당초부터 자기모순이었을 것이다
    틀에 박힌 시간 속에서 허우적거리며
    달래는 마음의 그림자 위로
    속 깊은 눈길 한 번 주고받지 못했으니
    잃어버린 약속들을 호명하여
    기억의 갈피에 새겨 넣어 간직해야만 할까 보다

# 비워 내는 유혹에 이끌려

먼 데서부터 발걸음 사로잡은 갖가지의 단풍잎들이
있는 대로 자태를 뽐내며 일대 장관을 이룬다
너울처럼 곱다랗게 앞다퉈 단장하려고
여기저기 불타는 햇살 띄워 놓은 채
갈 길 바쁜 산마루 향해 제 맘대로 나부끼더니만
서릿발의 틈새 잠깐 스쳐 비집고 들어온
찬바람과 어깨동무한 오솔길에서
비워 내는 유혹에 정신없이 이끌려
안추르기 어려운 시간의 들숨 날숨 사이로
기어코 쇠락의 몸짓 하는구나
더 이상 부러울 일 없을 줄 알았는데
닿을 수 없는 헛된 집착 참아내지 못하고
여전히 준엄한 자연 앞에서 비틀거리는가 보다
때맞춰 어스름 성큼성큼 밀려 들어오면
다옥했던 지난 날 떠올리며
이제 와서야 하얗게 번진 깨달음 얻은 것인지
풀잎 끝에 맺힌 한낱 이슬 같은 덧없음을
어느 때든지 저물어 갈 긴 여정 속에 묻어야 하리

# 생각만 해도 가슴 벅차올라

살아가다 보면 힘든 일에 무작정 드러난 채로
눈길조차 초점 잃어 먹먹해진 날엔
차라리 환한 웃음 속 지나온 삶 새김질해 보면서
목마른 가슴 위해 한 잔의 차[茶]를 마셔 보자
길을 잃지 않고 헤쳐 나아가는 사람들을
복받치듯 촘촘하게 바라다보다가
침묵이 남겨 놓은 연민에 하루 종일 매달려
자신을 찾아가는 나락으로 여지없이 헤뜨릴 때
지금 바로 도착한 휘돌아온 막차처럼
안도의 가쁜 숨결 자지러들 듯 내뿜으며
그윽하게 피어오른 향내음의 살가움
잠 못 이루는 오늘 같은 밤엔 느껴 보도록 하자
기쁨과 슬픔의 격정에 죽을 만큼 사로잡혀
한 시절 견뎌낸 어린 작설[雀舌]의 마음 아우르던
두터운 의지 감명 깊게 간추려 생각한다면
거기 출렁거린 찻잔 속에 스스로를 위로하는
낯익은 평안이 깃들어 있을 테니
한 번 더 힘을 내어 옷깃을 여며 보기로 하자

# 구두 밑창

벼르고 벼른 어느 모임 시 낭송을 위해 별다른 생각 없이 신발장에 자리 잡고 있던 구두를 꿰차고 집 나선 지 얼마 후에야

너덜거린 무엇인가 발끝에 차인다는 걸 알아차리고 어쩔 줄 몰라 했던 기억이 생생하다

사람도 주름살 늘어 가면 성성한 곳 하나 없다는데

시간을 등에 업은 신발 또한 늙어 간다는 평범한 이치 오래전부터 깨닫지 못하고

여태껏 어떤 생각으로 살아온 것인지 깨트려 헤칠 수 없는 자괴감에 머리끝 쭈뼛쭈뼛해졌다

기쁜 일 생길 때마다 매듭 풀 듯 눈길 쏟던

익숙한 신발 불쑥 가려냈건만

이런 뜻밖의 사태 벌어지다니 나도 모르게 당황한 기색 역력했으리라

멋모르고 뛰어내린 낯짝 없는 빗줄기가

부르튼 발바닥 흠뻑 적시며

지금의 내 모습 비웃는 것 같아

집어 삼킬 수 없는 빗방울을 왈칵 삼킬 뻔했다

살아오며 노심초사 생사고락 함께했던 밑창 삭아 버린 너덜난 신발 신고 의기에 차올라 힘겨움 이겨내던 시절 되짚어 보면서

지금의 내가 세월을 못 이긴 구두처럼 무너져 내리고 있는 것만 같아 불현듯 코끝이 시려 왔다

어느 적 벗어 놓은지도 모른

바닥에 금 간 구두의 심정은 어땠을까

습관적으로 더 깊어져 반쪽만 기울어진 채 살아온 자의식의 감춰진 진면목 보는 것 같아

멋모르고 이어진 회한에 젖은 순간 맞이했나 싶어

불행히도 변명만 하는 양심이 없으니 길에서 길을 물으며 바람의 길을 날마다 여는 수밖에 어찌할 별난 도리가 없을 것 같다고 낭송을 마치자마자 가슴속의 생채기를 이리저리 씻어내며

감출 수 없는 얼어붙은 외로움을

내리는 쓸쓸한 빗줄기 속으로 들이밀고 있었다

# 오직 역사의 한 길로 달려갈 뿐

 −ROTC 제12기 임관 50주년을 맞이하여


눈부신 소위 계급장 어깨 위에 매단 채
옮겨 간 발자국 이르는 곳마다 해 꼬리 길어진 함성으로
온 누리의 숨결 어루만지며 내달린 지
어언간에 50년 세월 쉬지 않고 흘렀는가 보다


주마등같이 스쳐간 지난날들 돌이켜보면
시퍼렇게 눈을 뜬 격동의 소용돌이에도 휘둘리지 않고
두 동강난 이 땅의 평화와 번영을 위하여
학문과 군사 훈련 곁들인 정신력 제 힘으로 일깨워
지켜야 할 국토의 간성으로 부름 받아 의무를 다하였으니
이보다 보람찬 일이 어디에 있으랴


오고 가던 자리를 찾아야 할 세상을 밀어 올려
주위를 불태워 환하게 밝힌다는 것은
신발끈 동여맨 채 갈기를 세워 품은 뜻 펼치려 했을 텐데
나라의 앞날을 위해선 우리 모두 힘을 모아
길이 되지 못한 길도 달렸으리라 생각할 적마다
어느새 되알진 기세로 눈시울 뻗쳐오른다

무섭도록 내리쬐는 뙤약볕 아래서 긴 그림자를 드리우며
빛과 소금 같은 사람으로 뜀박질하던 충혼의 백도
마땅히 존경받아야 할 일이거늘
여기 ROTC 12기 용맹스러운 대한의 아들들이여

영원한 겨레의 앞날을 위해 깃발을 높이 들고
국가의 기둥으로 자리매김하던 그날의 역동적인 환희와
새로운 각오를 다짐한 그 모습들을
저마다의 가슴속에 바라던 대로 잊지 않으려고 쏟뜨려서
넘칠 듯이 쌓아 놓은 역량들을 아낌없이 보태 보세나

올곧은 길로 가겠다는 의지 굳건히 하여 옮겨 간 발길마다
소맷자락에 묻어둔 가쁜 숨 풀어헤쳐 파안대소하다가
고요히 기도하는 손 맞잡고서 한 걸음 두 길음씩
백척간두 위의 불꽃처럼 우리 모두 타올라
너나없이 함께하고 싶은 마음 그지없을 것이란 걸
지금 새삼스레 광대무변의 고리를 잇대어
곱고 고운 산야에 동그마니 메아리쳐 울려 퍼져 나가도록

옷매무새 다독거려 목 놓아 소리쳐 보자

삼천리 금수강산의 염원인 통일을 이룩한 그날까지
남과 북으로 갈라진 조국을 걱정하고 겨레를 사랑하는
뜨거운 맥박이 꿈틀거린 젊은이들이 있는 한
ROTC는 목마름 추스르며 이어질 테니 근심에서 벗어나와
시방 우리는 가슴 터질 만큼 환호하며 손뼉을 치자

첫발 내딛던 그 순간 다짐을 둔 푸른 꿈에 심지를 돋워
활시위 떠난 화살처럼 날고 싶었던
무수한 날들의 북받친 기억들을 타산지석 삼아

임관 50주년을 맞이하는 ROTC 12기 동기들이여
한결 같은 호국의 일념으로 우리의 우정은 영원할 테니
지켜본 사람들의 자랑거리였단 것을 새롭게 가슴에 새겨
다시 한 세월이 흘러갈 역사의 한 길로 달려가 보자

제4부

# 허술한 믿음에 사로잡혀

# 붉은 눈시울에 젖어

어깰 짚고 나란히 서 있는 생각들을 불러 모아 흩뜨린다
속수무책 멀어져 간 겹겹의 스산함에 깃들일 즈음
불현듯 남다른 흔적들을 들추어 보다가
안쓰러운 얼굴에서 내보인 무거운 숨소리에 흠칫한다
머릿속 꽉 채운 오래된 신념의 깊이만큼
한가운데를 벗어난 가장자리로 엉거주춤 밀려나와
얼토당토않은 변명 늘어놓곤 하였는데
이따금씩 들썩거린 푸른 날들의 숨결 속에서도
해묵힌 그리움 뒤의 무거운 침묵만 차갑게 휘몰아쳤을까
기다림에 지쳐 충혈된 눈으로 지켜본 도스른 마음일 뿐
온통 까닭 모를 이유들이 서로 맞물린
앞다퉈 소리쳐 본 비워 둔 시간의 숫자 속에서
뚝뚝 떨어져 나간 제 기억마저 지울 적이면
체념 속에 나앉은 회한만은 맞닥뜨리지 말았어야 했었다
숨 막힐 듯 볶아치던 어설픈 모양새로
구부정한 등줄기에 잔뜩 힘 실을 때마다 뒤척여 돌아다본
곰삭은 응어리 하나 아직껏 남아 있을 것만 같아
발걸음 멀어져 간 쪽으로 그래도 눈길이 간다

# 무서리 내릴 즈음

만산홍엽에 취한 선들바람 따라
동네 한 바퀴 도는 동안에도 한여름 차지해 오던
푸른 열기 빼앗기지 않으려고
허전함에 길들여진 몸짓으로 날을 세운다

어디로든 떠나야 할 지독한 외로움 애써 참아 가며
무서리 내릴 즈음 산머리에 서면
오가는 사람들은 겨를도 없이 주춤하면서
비탈진 산기슭에 아무렇지도 않게 주저앉아 있는데

여기저기 잘려 나간 아픔에 뒤섞여
굴레 벗은 몸뚱어리 움켜쥔 채
부리나케 나부끼던 이파리들마저
머지않아 등 떼밀려 뛰어내릴 심산인 것도 같아

파랗게 물든 하늘이 구름 끝에 매달려
절정의 고독 뒤에 감춰진 속내를
기울어진 햇살 아래로 위태롭게 내려놓으려 한다

끝 모르게 펼쳐 놓은 시야에서 멀어져 간 사람들조차
뒤돌아본 날들 보내기 위해
계절의 문 열어젖혀
가야 할 길 어렵사리 반문해 보다가

분별조차 어려운 이지러진 표정 속에 가리어 둔
스스로 가벼워지는 깨달음 있었기에
금방이라도 무너져 내릴 듯한
깊어진 능선 너머로 가뭇없이 잠적해 버린
벌거벗은 나무들의 꾸다 만 꿈처럼

서둘러 도착한 느지막한 저녁 땅거미 어른거릴 즈음
다시 찾아온 추억에 젖은 어둠살 위로
갈수록 커져 갈 아픔과 함께
제 몸 휘어지도록 굽어보고 있으리라

# 마음에 걸림이 없게 하여

매섭게 쏘아붙인 설한인 줄도 모르는 채 보내야 했던
얄망스러운 심정을 그대가 비운 곁의 사람들에겐 말하고
싶지 않았었다
마지막까지 품었던 일말의 기대감마저 무너지려는 듯
더 늦기 전에 새어 나온 몇 마디의 말들이 못 잊을 이름
오래도록 부르며 눈앞에서 나뒹굴 때 지켜보던 사람들도
참을 수 없는 눈물 흘렸는지 알 수 없지만
준엄한 서릿발이고 손사래 친
막다른 골목을 아무런 말도 없이 돌아 나왔으니
오리무중인 세상에서 맨 정신으로 보란 듯 떵떵거리며
살아가려면 가벼워지는 공기주머니 하나쯤은 달고 있었어
야 옳았으리라
들뜬 마음으로 저마다 손가락 걸며
남몰래 새벽이슬 밟는 발자국 소리 들으려 하였을까
묵연히 명상에 잠겨 바라보았을 봉인된 옛날의 추억까지
떠나보낸 뒤엔
그 다음부턴 어떻게 해야 할지 몰라
저문 계절이 내뿜는 한숨과 함께 터울거렸을 텐데

무엇 때문에 그토록 거들먹거린 자존심만 짊어지고 스스로 만든 수렁 속으로 발길 내밀었는지

지금이라도 시험에 들지 않을 숙맥불변이 되어 내 따스함 스민 곳으로 남겨졌으면 한다

그대 떠나간 뒤 내 모습은

어느 틈에 야유를 퍼붓는 사람들의 이지러진 모양새 그대로를 닮아 갔었는지

애처로운 기억들을 꺼내어 쓰다듬은 척

세상에서 가장 그럴듯한 마음으로

수많은 만남과 아득한 이별 사이를 위태롭게 오가던 안팎이 다른 생각들과 마주칠 때마다

가던 길 돌아보지 말고 멀어지거라

변한 것은 아무것도 없는데 가슴만 졸였다는 걸 눈시울 적셔 가며 알아차리긴 했을는지 모르겠구나

멈칫거린 발걸음 부질없이 쳐다보지 말고

맨 처음 맹세한 것처럼 이젠 서로를 북돋워 가며 우리가 어느 때쯤에 이르러 볼 때마다 새로울까 부단히 잇대어 텅 빈 가슴 채워 보면 어떨까 싶다

# 고향 길 따라

다사로운 한낮의 봄볕이 저만치 내려앉아
해맑갛게 자박거리는데
아침저녁으론 여전히 날씨가 차갑습니다
방문 열고 나가려다 말고 뒤돌아서
겨우내 입었던 옷가지를 물끄러미 쳐다보지만
벌써부터 아지랑이 이끌고 다가선
엇구수한 노랫가락 소리 가야금 타는 듯하여
산과 들로 연둣빛 한 줌 서둘러 불러 세웁니다
오고 간 사람들의 걸음걸음마다
어릴 적 추억으로 고향 길 따라 내달리는지
이제 막 첫눈 뜬 파릇한 풀포기들도
두근거린 가슴 주체하지 못하고
흥에 겨워 자꾸만 뒤척거리고 있습니다

# 찻잔을 앞에 두고

한 번도 되뇌어 보지 못한 아쉬움에 휘둘리어
희부연 속살 내비친 가로등 아래서
누군가의 서러운 이야기 들을 적이면
망각의 너울 속에 잠시 들러
처음 마주한 미명을 향해 어디로든 가 보려고
일찌감치 바둥거려보다가
행복과 불행의 구분이 모호해져
까치발 딛고 서서 견디어 낸 힘겨운 시간만큼
숨어 있던 욕망의 사슬을 풀어헤쳐
애먼 허공이라도 후려쳐 보자는
마음 조인 안타까운 생각이 사라질 듯 말 듯
영원히 새 나가지 않을 비밀처럼
텅 빈 머릿속에 둥우리를 틀고 있었다

# 이제야 보이는 마음 한 조각

참을 수 없을 만큼 부끄러운 생각이 깃들 적에는
앞서 간 사람들을 숨 막히게 다그치며
그래도 하루건너 한 번씩만
치켜세운 눈동자 제멋대로 붉혀갈 듯
시무룩이 넓힌 보폭으로 발걸음 재촉해 본다

절박한 웃음 터트렸던 순간들을 바람은 일부러
귀띔해 주고 가는데
흘러간 날들 등불도 켜지 않고 되돌아와
마른기침 함부로 삼켰던 사연들을 기록해 두고
시간에 편승한 거리를 헤아릴 때까지

형체도 없는 생의 골짜기를 공연히 벗어나와
갈 길을 잃은 막다른 골목 들여다보는 것인 양
흔들림 없이 아슬아슬 설 수 있다면

이 앙다물고 허리 동여맨 검붉은 해가
신성이 신실하여야만 보일 것 같은

저 멀리 아득한 지평 뚫고
언제쯤에 빈 가슴 쓸어내리며 죄어치듯 떠오를는지요

삶의 고비마다 펼쳐 놓은 그루터기 사이로
생각나는 사람들의 기억 속에 스며든
잠들지 못한 시간들을 다독거려
아무도 눈치 채지 못할 애환의 응어리를 풀 즈음하여

가까스로 깨닫게 된 무심에 들어서야
지나온 길도 가야 할 길도 오직 하나였다는 걸
몇 날 며칠 정곡을 찔러 일러줄지라도

끈질기게 사무쳤던 끝 모를 그리움의 고독한 꿈조차
이제 와서 가벼워진 마음속에 아로새겨 둔 채
버려야 할 모든 것들 끌어안고서
공허를 채우는 길 위에 멋쩍은 듯 서 있다

# 봄이로소이다

기지개 켜는 메마른 나뭇가지 어깨 사이로
상긋한 바람 불어와
눈길 머문 곳마다 들썩거리기 시작한다

더듬적대며 싸목싸목 올 것만 같았는데
잠이 덜 깬 햇살 눈웃음치다가
재 너머 잔설 치워가면서 하나같이
저마다 분주해진 발걸음

급한 김에 몇 발짝씩 순식간에 들어올려
새 옷을 입으려는지
때맞춰 오솔길로 접어들자

눈 맞춘 높이마다 고사리손 흔들어 대며
여기저기 어린 잎새 싹 틔우려 한다

움츠러든 모습 활짝 편 채
땅 위의 모든 것 들아 솟아올라라

겨우내 침묵으로 뒤덮인 벌판 가로질러
산허리 휘돌아 마을로 들어서면

바장이던 가슴 결 곱게 고동치고
자박자박 넘실거린 아지랑이 앞세워
줄지어 벌 나비 떼 날아들 테니

연분홍 꽃봉오리 속에 그리움 온전히 일어
도처에서 속삭임 소리 들려오겠다

닿을 수 없는 어딘가에서
시끌벅적 오고 간 사람들 따라
마음 모조리 들킨 것처럼
지리 서둘리 너슬너슬 오려는가 보다

이제부턴 주저함 없이 넘쳐나듯 차오르는
초승달 같은 봄이로소이다

# 허술한 믿음에 사로잡혀

숫제 머뭇거리던 안간힘으론 드리우기 어려워
어렴풋이 몇 번이나 내비친 나약한 헛발질에
금간 하늘이라도 붙잡았으면
우레와 같은 박수 터져 나왔겠지만
쳐다보는 사람 누구 오지 않을지도 모른다는데도
햇살은 산 그림자 속에서 줄곧 허둥거린다
지상의 모든 길들이 겨를도 없이 막혀 버렸을까
희미하게 차오른 어스름 뒤집어쓴 채
가만있어도 여위어 가는 하루해가 될 것만 같아
뒤뚱거린 발걸음조차 어둠 속에 묻혀 버린다
벼랑으로 내몰려 외로움에 지친 사람들의
반쯤 감은 눈동자만큼
더 깊어진 고뇌에 절규하듯
진작에 지워 버린 시간들을 공연스레 바라보다가
번번이 뒤따르던 희망의 끄나풀을
비장한 결의로 무장시켜
한 번쯤은 막무가내 덧그리면 어떨까 싶어진다
함성이 끝난 뒤의 텅 빈 광장 어딘가에서

허술한 믿음에 곧바로 사로잡혀
꿈속에서도 가져 본 적 없는 확신을 갖으려 했던
분분해진 몸맵두리 바로잡아 일어서야 했을까
끝 모르게 이어진 여정과 맞닿아 줄지어 선
멀어져 간 긴 여운까지 불러 세운 뒤
까닭 모를 집착 속에서 간절한 슬픔에 사로잡혀
무엇 때문에 그토록 앞만 보고 내달렸는지
비틀거리는 발걸음 성급히 불러 세워
어긋난 마음 조금만 비웠더라면 좋았을 텐데
욕심에 절은 세월이 남모르게 깊어 간 동안
안개 속 같은 지상의 모든 길 위로
무량한 사람들이 안스럽게 다가서고 있는 것 같아
보기보다 더 멀리 와 버린 지금에서야
되돌릴 수 없던 길 가까스로 일이차렸으니
어디로든 덮어놓고 걸으면 걸을수록
끝이 없는 길로 이어지려는가 보다

# 마음 4

조금씩 차오른 부끄러움으로 고개를 숙인다
낭떠러지 끝에 아슬아슬하게 매달려
온종일 하늘을 가로질러 온
맞갖잖은 욕심에 너울져 가면서도
그 옛날로 돌이키려 하려는지
닿을 수 없는 마음 행여 놓칠세라
삶의 고비마다 불러일으켜 잠기려는가 보다

# 마음 5

하루하루 그날의 아픔을 삼키며 살아가는 사람들의 적막
한 발걸음 소리가
따리를 튼 형상처럼
실오라기 하나 걸치지 않은 어둠 속에서 떠돌 때
언 땅을 헤쳐와 함부로 휘어지지 않기 위하여
오랫동안 함께하고 싶어진 마음 곧바로 눌러 참으며
기약 없는 기약을 기약하고 있었다

# 가눌 수 없는 안간힘으로

마른 이파리 떨어지는 소리 듣지 않으려고
핏기 잃어간 나뭇가지
눈을 감고 훔척거리고 있었다

얼어붙은 망부석처럼 그 자리에 서서
언뜻 지나쳐 모른 체하였더라면

다홍빛으로 물들인 사윈 재를 아울러
속마음 쏟아 내던 깊게 패인 뒷모습으로
귓불만 붉힌 너스레 떨고 있었을 텐데

가슴속 짓누르며 흩어져 간 두근거림은
어깨 겨눈 지난날 들춰볼 적마다

구부러진 등에 이마 맞댄 채
엉거주춤 묵언에 든 무서리가 공연스럽게
볶아치듯 서둘러 내리고 있었다

# 몸져누워 보면

외따로이 겹쳐진 하루하루를 꺼내어 헤적여 본다
어느 때쯤 내키지 않은 일 생길 것 같은
모호한 생각 분명히 있었을 텐데
만물의 영장이란 사람들도
위험신호 두 눈에 켜 있었음에도 불구하고
자신만은 아무 일 없을 것처럼 휘달려
경고음 무시하고 어림잡아 지나쳤을 거야
안중에도 없는 발걸음 아랑곳 않으려는 듯
떨떠름한 모양새로 불안에 떨다가
결국엔 위로 받지 못할 만신창이 되어
걷고 싶어도 걸을 수 없는 처지에 놓이게 되는
날벼락 같은 선고 어느 날에 받게 된다면
관심과 무관심이 서로 모른 체했던
제 몸 돌보지 않은 형벌인지도 몰라
지새운 밤의 발치에 엎드린 온갖 근심 껴안은 채
몸소 겪어본 뒤에야 뉘우치게 될 터이니
염불 외 듯 새김질해 본 어리석음
몸져누워 보면 그제서야 깨닫게 된다

# 한 뼘의 채움

하는 수 없이 외톨토리로 지켜볼 수밖에 없어
굵어지는 빗방울 궁굴리며 바라다본다
순식간에 발목이 비에 젖은 사람들은
걸음의 틈새 불쑥 늘려 가려는 듯
조심스레 제 키를 낮추는데
빗줄긴 먼 곳에서부터 전속력으로 달려오고 있다
어디에 닿으려고 저토록 피워 대는 소란인지
조용히 창가에 이마를 맞대고
발자국 세어 가며 말문 잃을 즈음이면
몰아쳐서 다그칠 요량으로 도리반거리니
망연자실 단번에 부딪칠 것처럼
한 치 앞도 못 본 누군가 화들짝 놀라
물먹은 허공 물끄러미 바라보는 도중에도
제 살 찢어 굵어진 물보라는
일제히 고도를 높여 튀어 오른다
살다 보면 우리네 삶도 떼로 몰려온
청천벽력 같은 일들 생겨나기 마련이라지만
난 저문 뒤에 어둠을 빗디뎌 넘어질 때마다

마른 길 하나 골똘히 생각할 때 없었으랴
차라리 삶이 불투명해질수록
멈추어 선 피곤한 얼굴 껴안아
어디로 가든 머뭇거리지 말자고 졸라 댄
흔들리는 마음 한 번 더 흔들리면 어떨까 싶다
문득 가야 할 길 끝 간 데까지 멀어지거든
위태로운 모습으로 두 발을 들이민
본래의 자리를 고스란히 떠올려 보면 좋으련만
푸르던 시절이 실어다 놓고 실어 간
침묵하는 오래된 기억들을 들추어 보다가
아무리 그리워도 둘러가지 못할 것 같은
허둥거렸던 남루의 발자국마저 지워 갈 적에
바람처럼 파고들어 우연처럼 스쳐 갔을
가뭇없는 산봉우리 하나 떠올려 가며
못 견딜 만큼 차가운 신념 바꾸지도 못한 채
어쩌다 잃을 뻔한 한 뼘의 채움을 위해
어느 낯선 곳에서 허우적거려야 할 것만 같다

# 불현듯 생각나는 친구에게

저녁노을 물들어 가는 서쪽 하늘로
자리 옮겨다 놓은 무심한 해 망연히 바라보다가
내 마음 저 쓸쓸한 곳에서
다정스레 웃음 짓고 있는 친구들의 모습을
명상에 든 듯 불현듯 떠올려 보며
지금껏 세상 지나치면서 필요한 것들이야 많았었지만
그중에서도 정작 없어서는 안 될
가장 으뜸인 것이 무엇이었을까 생각해 본다
심성 고운 친구들과 마주한다는 것은
먼 곳까지 환히 비쳐 줄 등불을 가진 것과 같아
마지막엔 널브러진 후회 풀어 줘야 한다고
언제 어디서나 말 한마디 참따랗게 건넬 수 있는
두터운 친구 두세 명쯤 있단 사실만으로
기나긴 세월의 원동력이 될 터인데
예상하지 못한 시험에 든 역경 속에서도
제자리를 찾으려 터울거린 사람들에겐
오랫동안 우정을 기어코 서로가 유지한다면
얼마나 부배로운 일이지 새삼스러우니 알게 되리라

# 참으로 진정한 친구

까마득하게 잊고 지낸 유년의 시절을 생각하면
그동안 막무가내로 흩어진 친구들이
여기저기서 화들짝 고개를 든다

살아가다 힘들어지면 사람들은
옛날의 추억을 있는 대로 껴입은 채
온밤 지새우며 그리움에 젖어 잠 못 이루는데

하고 싶은 이야기 모조리 터놓고 마음 나눠도
언제까지나 얘깃거리 변함없이 남아 있는
믿을 만한 친구 세상에 있을 적엔
그런 우정은 가꾸고 지켜 내야 하리라

도망치듯 감춰진 수셈으로 만난 사이일수록
차마 하룻날 지탱하지 못할 테니까
어떤 불행 속에서도 손잡아 곁을 내어 주며
함께해 줄 사람이야 말로
참으로 진정한 친구라고 일컫고 싶다

# 친구가 퍼 나른 글

좋은 글 중에서 퍼 나른단다 거친 세상에 남겨져 나이 들어갈수록 필요한 건 친구라며 새벽부터 카톡카톡 아우성이다 아직 덜 떨어진 눈곱 비벼 대어 밤새워 달려온 문자 읽어 내려가는 중에도 진정한 친구는 천금과도 같으니 당장 아래 글 속을 읽어 보란 불같은 성화가 이어진다

이미 깨어난 잠 속으로 뛰어들기엔 마땅치 않아 이곳저곳 살피지만 어디에도 마음 떼어 줄 친구 하나 보이질 않는다 물음에 답하는 간절한 자세로 투덜댄 마음까지 더하여도 찾아지지 않는다 괜스레 가슴이 덜컹 내려앉는다 기다린 만큼 서로를 위해 줄 참다운 친구는 없을 것 같단 사실에 나는 누군가에게 어깨 한 번 빌려준 적 있었던가 골똘히 생각해 본다

돈과 지위와 권력이 삶의 전부는 아닐진대 언제나 내 곁에 있어 줄 친구만 원했는지도 몰라 누군가 나를 필요로 할 때 그 사람의 손 덥석 잡아준 적 있었던가 여러 차례 반문해 보아도 없는 듯이 답한 내 자신을 세상은 나무라며 뚫어지게 쳐다보는 것 같아 부끄러운 마음에 머리를 조아려 헛기침만 연신 해대고 있다

요즘 들어 당최 이해심이 늘어나긴커녕 마음의 여유조차 줄어들어 못내 조바심까지 일어난다 벌써 달아난 잠은 심란해진 낌새 알아챘을까 어느새 밝아온 창밖에 고인 허전함에 휘말려 더 깊어진 눈빛으로 주위를 둘러봐도 무거운 침묵만 흐를 뿐이다

이른 아침에 퍼져 나간 고요가 나직하게 가라앉는다 어수선한 기분 달래어 보이지도 않은 어딘가에 닿아 보려고 저 멀리 사라져 간 것들 죄다 불러 모아 가늘 수 없는 중심 다 잡아 보려 이제야 좌불안석인데 고독한 발자국이라도 남기려 함인지 어느 틈에 타오르는 햇살이 저만치 다가서고 있다

시간이 흐를수록 내 것 아닌 것에서 눈을 뗀 채 가슴 활짝 열어 놓고 어제를 돌아보는 것이 그나마 남겨 놓은 삶 부람 있게 보내는 유일한 방법 이닐까 싶이 오늘도 깊어진 심연의 시각으로 모든 걸 다독이면서 떠들썩한 불안을 아무래도 떨어뜨려야겠다

# 적선積善하다

    며칠 밤낮으로 쏟아져 내린 눈 속에 서 있는 나무들을 눈꼬리 치켜세워 바라보는 중에 한 무리 참새 떼들이 쳐진 날개를 파르르 떨며 가지마다 매달려 있다

    비어 있는 인연의 마디 이어가겠다고 합장하는 마음으로 마당 한구석을 치운 뒤에 쌀 한 줌 보시하였더니

    두리번거리던 한 마리 아버지 새인 듯 땅 위로 내려앉아 이런 횡재를 만나다니 연신 주위를 살피다가 마침내 입속으로 들어간 쌀 한 톨에 왈칵 목이 메는데

    저만치 지켜보던 나머지 식솔들도 일제히 뛰어내려 자릴 잡는다

    어쩌면 참새들의 눈엔 나도 한낱 미물일지도 모르지만

    이 추운 겨울날 생면부지 이웃사촌에게 조촐한 밥 한 끼 대접했다 생각하니 마치 부처님이라도 된 것처럼 내 배도 하뭇이 불러와 덩달아 기분 좋아진 마음을

    알고도 모르는 척 귀 기울이던 허공이 낯익은 얼굴을 하고 저물도록 박수갈채를 보내는 것만 같았다

# 제5부

# 어쩌다 다다를 그날까지

# 깊어진 시름에 휘감겨

발맞춘 햇살의 충만 위로 제 멋에 겨워
터질 듯 타오르던 절정의 축제는
앞세운 그림자를 끌며 종잘거리다 사위어 가는데

열린 듯 닫힌 문틈으로 정처 모를
떼 지어 오는 바람 그지없이 불어와
머물다 떠난 자리 귀로歸路에 오를 때까지
제 몸 열어 산야를 물들이면
탄성이 쓸고 간 초록 열기를 본다

무서리가 산등성 밟을 만큼의 동안에도
웅크린 나무들의 나지막한 사이로
한 발짝 더 깊어진 시름에 휘감겨 나부끼는 잎새들을
안타까운 눈빛으로 지켜볼 수밖에 없어

우리네 삶도 비움의 순간이 오면
저토록 허공에 매달려 잊혀지는가 보다

# 어둠의 완성

저 멀리 어디선가부터 지축을 밟으며 다가올수록

풀지 못할 수수께끼 같은 비밀이라도
흐르는 시간 속에 버르집어 놓아 둔 것처럼

설익은 마음 백천만번 다잡아 매어 놓은
가늠하기 어려운 일들이 짐스러운 상념에 잠겨
잠깐 스쳐간 사유思惟를 가다듬을 적마다
소슬한 바람 떨리는 듯 흔들린다

발길 닿지 않아 오리무중인 안개 속에서
한 생각이 몇 개의 기억들을 데밀어
하나씩 부둥켜안은 채 고스란히 지새울 모양인데

아른거린 벼랑 끝에서 주춤거릴 때는
더 멀어진 틈바구니 동트기 전에 채우려고
말하지 않아도 깊은 믿음으로
어느 쪽에 낯선 길를 이으리 하였을까

맨몸으로 바라다본 해거름 밟던 그림자 따라
적막에 묻힌 불씨 한 점 얼룩진 가슴에 깊숙하게 묻고
서둘러 쏟아낸 아우성에 몸부림치다가

마르지 않는 생각의 중심부터
기억을 앞세운 순간들이 보일 때까지
돌돌 말아 빈 자리 고르게 발서슴하다 보면
마침내 장렬하게 어둠을 완성하는

눈감아도 환한 밤이 길을 잃고 돌아와 잠들고 있었다

# 그리움 절로 가슴에 맺혀

어디에서도 찾을 길 묘연하여 힘주어 불러 봅니다
물가에 홀로 선 어린 아이처럼 마음 졸인 기색 감추지 못
하고
높낮이 다른 눈빛으로
가슴 한구석에 자리 잡은 그 옛날의 보금자릴 바라봅니다
귀 기울일수록 애달아 그리움에 사무친 어머니
세월 흘러도 떨칠 수 없는 미련
여태껏 몰랐던
명치끝에 매달려 고해告解의 멍울 위를 숨 쉴 새 없이 서
성댑니다
몰아치는 비바람에도 자식들의 안녕을 기원하며
손과 발 다 닳도록 고생만 하시더니
적요의 순간 지나쳐 도다녀올 차림으로
무엇 때문에 그토록 서둘러 먼 하늘로 기별 넣으셨는지요
가만히 멈춰 서서 부르다 지친 노래 다시금 불러 보는 날
이면
앞 다퉈 지나쳐 버린 흩어진 날들
다함없는 생각 드리워 조각난 시간 짜 맞추듯
당신의 따스한 자취 좇아 저의 숨결 잇대려 합니다

# 어쩌다 다다를 그날까지

전혀 괜찮지 않을 휘둘렸던 순간들을 숨길 수 없어

주마등같은 세월의 뒤안길에서 함박웃음 짓는 날도 가끔씩 온다는 것을 눈여겨보던 그 어느 날의 불볕더위 틈새로 젖은 구름이 고갤 내민 순간에

더 먼 곳을 보려면 멈춰 서지 말았어야 했었는데

어느 겨를 비 올지도 모른다는 믿음 굳게 신봉한 마음마저 옴팡진 바람의 등 뒤에 숨어든 척 딴청만 부리다가

벌 떼처럼 천둥 번개 한꺼번에 몰아친다면 세월 건너갈 기막힌 비책 장만했을지도 모르겠다며

참을 수 없는 회한 속으로 몇 번이고 되풀이하여 헛디딘 발목 엉큼스
레 밀어 넣은 채

무엇인가 말하려는 듯 손 흔들고 있을지도 모르겠다

# 발자국 소리 다독거려 주며

　태어나서 처음 안성맞춤인 표정으로 취직시험 보러 가던 날엔 몇 번인지 후끈거렸다
　등 뒤에서 훔쳐본 시선들이 있을지도 몰라
　머리끝 쭈뼛해지고 가슴속은 날아갈 듯 제 스스로를 뭉클하게 내비치고 있었다
　저마다 부풀어 오른 합격 위한 한 가닥 기대로
　아무도 대답 없는 기쁨에 몰려든
　팽팽해진 긴장감마저 감돌아들어 어디선가 마른기침 걸핏하면 해댔었는데
　주마등같이 스쳐 간 지금에 이르러서도
　첫걸음 내딛던 사회 초년생의 그땔 더듬어 보면
　풀리지 않는 일에도 가리지 않고 달려들 수밖에 없었단 사실 조금이라도 간과해선 안 될 것 같다
　수많은 사람들이 움켜쥔 소망들마다
　일세一世를 풍미한 날들로만 채울 순 없을 테니
　닿지 못할 인연과 숨바꼭질한다 할지라도
　아쉬움에 알맞게 힘들어 하다가
　옳고 그름의 사유 무관심한 척했더라면 어떨까 싶지만

사운거린 말처럼 넘어가기엔 그리 쉽진 않았을 거야

열리지 않은 마음의 문이 언젠간 열릴 것이란 믿음으로 박차고 일어설 때마다 열심인 것은

아무도 가리켜 준 적 없는 절제된 지혜를 슬기로이 터득해 간다는 뜻이리라

바라는 모든 일 주문대로 고스란히 이루어진다면

힘들어 아파할 일 또한 없어질 테니

그래서 사람들은 북새통 틈타서라도 잠꼬대 같은 행운을 기웃거려 가며

웃자란 시간 속으로 엉거주춤 들이 밀려 하는가 보다

이제라도 필요한 건 잠시 길 떠난 열망들이

극도로 소홀했던 수심 깊은 일상의 순간들과 한데 어울려 접목될 때까지

온 힘 다하여 키높이를 맞춘

발자국 소리 흔들리지 않게 다독거려 주며 세다가 그만둔 날들 구김살 없이 이어 지도록

변색된 마음에 다문다문 눈길 모아 보련다

# 마음 6

이제 나는 너에게 가기 위해서 아로새겨진 기억들을 남김없이 지워 버리려고 한다
모든 걸 불살라 사랑했지만
너무 멀어서
잠시 스쳐갔을지도 모른
마음조차 미치지 못한 먼 훗날의 그리움 속을
한낱 뜬구름처럼 떠돌았을까
다가서듯 안부를 물어오는
훌쩍 커 버린 사연들을 불빛에 비춰볼 때면
감은 두 눈 위로 앳된 슬픔들이 몰려들고 있으리라

# 마음 7

한바탕 질풍노도처럼 들끓던 야욕이 지나간 자리에서 무
엇을 더 잃어야
집착의 늪에서 고리를 끊어낼 수 있었을는지
어쩌다 알지도 못한 채
날마다 마음의 고통 돌이켜 보면서
바람 불면 부는 대로 돌아가는 바람개비처럼
한 발짝씩 걸음을 옮기려 하였을 테니
소리쳐 깨어 있기 위하여
언젠가는 지나쳐야 할 적멸 속으로 구겨진 나를 제멋대
로 들이밀고 있는 것이다

# 겨울 아침

아스라하게 굽이쳐 내린 새하얀 세상
바람결 같은 간밤의 꿈속에서
소리 없는 도둑눈이 왔다 갔나 보다

살아 숨 쉬는 모든 것들의 때 절은 모습
보일 듯 말 듯 감추려고
저토록 밤을 지새워 내렸는가 보다

삶의 마디마다 어지러이 얽히고설킨
온갖 가지 곤두세운 마음
한 움큼씩 두 손에 담아
머물다 떠난 발자국 위로 뿌려 보리라

# 먼데 하늘에 손을 얹어

바람의 어깨 위로 올라선 무동 타고
찬 기운에 흩뿌려진
희미한 온기만 남아돌아

잦아든 그늘 사이로 녹다 남은 잔설도
발품 파는 햇살에
닿을 듯이 헤덤비는데

차례로 앉았던 자리에 비운 만큼 봄눈 슬 듯
먼데 하늘에 손을 얹어
아닌 척 감은 눈뜨는 눈동자
연둣빛 미소 곱다랗게 벙글고 있다

# 아버지 제삿날에

살아생전 후회스러운 일들이 짐스러우니 많아
아버지 제삿날에
고개 숙여 용서를 빌고 있는데

기울이는 술잔마다 떠오르는 선명한 기억들이
더욱 더 명치끝을 미어지게 한다

마지못해 어깨 들썩이는 내 모습 보며
자식들은 뭐라 할지 궁금해진 마음으로

가슴에 스민 단절된 시간 한동안 들춰 보다가
애먼 어둠 쪼개어 든 밤의 적막만
소스라치게 껴안을 듯
가뭇없는 눈빛으로 바라보고 있었다

# 어머님의 은혜

앙가슴 새까맣게 타 들어 가는데도
구부러진 몸뚱어리는 허구한 날 뒷전으로 돌려놓은 채
아들딸의 장래를 위해
외진 몸 안 상처 끌어안듯
지문 없는 손 내밀어 어루만져 주며

닳고 닳아 쭈그러든 앞섶 풀어 헤쳐
목마름 채워 주시던
큰 바다 같은 마음 돌아보는 곳에서

세월 무턱대고 흐른 어느 날에
소용돌이친 회한과 가지런히 마주앉아
보이지 않는 맨 얼굴 위로 바람 불 때마다 눈길 머물러
왈칵 쏟아낸 눈물 몇 방울

불면의 밤 지르밟고 우두커니 건너와서
연민에 젖어든 몸짓으로
언제나 곁에 계신 듯이 감싸시는가 보다

# 부끄러운 순간에 맞닿을 즈음

별안간에 멈춰 세운 어느 천년의 세월처럼
한결같이 우뚝 선 형형한 모습

번뇌를 여읜 몸 뒤집어 영원을 드리우고 싶은
한 번도 이뤄보지 못한 날들이
제 속도를 늦추지 아니한 채
침묵에 쌓인 발치에 따로 길을 내어

가까운 곳에서부터 안간힘 다해 뚫고 나가
수런거리는 지평 끝에 매달린다

한 가닥 보랏빛 무지개를 붙잡고
어디선가 본 듯한 평안을
오래된 소원인 듯 아등바등 새겼으리라

걷잡지 못한 머릿속 뒤흔들어 놓던
부끄러운 순간에 맞닿을 즈음
이슬 젖은 바람 위로 날빛이 스며든다면

다시 본래의 자리로 되돌아간 사람들에겐
가쁜 숨 몰아쉬는 허허로운 모양새로 시간에 실려
몇 가닥 아침햇살과 어둠의 표정까지
망설거림도 없이 단호한 모습으로
어디쯤 읽어 내려갔었는지 반문해 본다

때론 참을 수 없는 겸허의 기개와 돌려주지 못한
서늘한 사랑을 텅 빈 술잔에
고스란히 담아 깎아지른 듯한 낭떠러지 위에서
한참 동안 바둥거렸을 텐데

결심은 되풀이되지만 또다시 바람에 흔들리는
반듯하게 접은 댓잎 같은 맹세를 흔들어 깨워
허공을 놓쳐 몇 발짝씩 가던 길 벗어날지라도
깨어나지 못할 꿈에 전부를 맡긴 그악한 눈빛

더 깊어진 연민의 그림자를 본다

# 길 위의 인생

　차일만큼 근심에 잠겨 스스로를 달래는 낯선 사람들의 겉
바른 무상한 발걸음을 보았다
　더없이 무성하게 보인 수줍음 탄 모습에서 끝 모를 이끌
림 새어 나와 나도 몰래 숙연해졌다
　서너 번도 봤음직한 EBS 다큐 영화 길 위의 인생은 베트
남 소수민족 자오족 이야기다
　숫제 글조차 몰라 아무것도 깨우치지 못한 어느 부부가
　자신들의 가난한 삶 자식에게만은 대물림 안 시키겠다고
　밤 새워 수놓은 공예품 관광지에 내다 팔기 위해
　하룻길 재바르게 걸어가는 차림새 지켜볼수록
　얼어붙은 두 눈 뗄 수가 없었다
　문명의 혜택이라곤 찾아보기 어려운 오지의 삶터에 어느
덧 세상 물결 시나브로 밀려오건만
　그들 나름대로 더할 나위 없는 꿈이란
　먹고 살기 위해 흩어졌던 가족들이 오손도손 얼굴 맞대고
따뜻한 밥 한 끼 먹는 것이라는 데
　멋쩍은 듯 말하는 도중에도 우람스러운 빗줄기만
　참기 힘든 한숨 속으로 거침없이 파고드디

결혼을 위해선 신랑집에서 지참금을 마련해야 한다는 오랫동안 길들여진 낡은 관행 때문에 우기에 접어들면 할 수 있는 일이라곤 하늘을 원망하는 방법밖에 없어

 부족한 살림살이를 마련하기 위해선

 잠시도 머뭇거릴 수 없다며 천근같은 몸 빗속으로 내던지는 가족애에 금방 눈시울 뜨거워진다

 고작 침 한 번 꿀꺽 삼키는 것이 할 수 있는 일의 전부이지만 결코 포기하지 않겠단 의지에 시종일관 마음을 얹혀 본다

 시련은 이렇게 태연스럽게 와서 생채기를 새긴 뒤에

 아무렇지도 않게 가는 것인가 보다

 요즘 세상에서 찾아보기 어려운 광경에 심취되어

 절망을 이겨내려 분연히 일어서는 삶의 자세에 절로 고개 숙여져 서로의 손 정답게 맞잡을 언젠가엔 바라는 행복 기필코 펼쳐지길 간절히 기원해 본다

 이제라도 현실을 바로 보려는 마음 다독거려 무한의 기다림에 익숙해지려면

 안개 속 같은 길 위에 인생이 있듯 한 발 또 한 발씩 내딛으며 없는 길도 만들어 가야 하리라

# 먼먼 깨달음 속을

느직한 가을날 문학의 단초 찾아 봉원사 가는 길에 점심
을 마친 후 삼삼오오 담소 중인 가운데 누군가 식당 가장
자리 장작더미를 덮은 폐그물에 포획되어 죽음의 문턱 넘
나드는 참새 한 마릴 발견하자 여기저기서 시끌벅적 야단
법석이다 생과 사의 갈림길인 죽음의 문턱에서 얼마나 몸
부림쳤을까 옹글게 기력을 잃어버린 채 두 눈만 끔벅거리
고 있다 이구동성 살려줄 방법 마련에 의기투합하였지만

사람들의 기척에 오히려 희망의 끄나풀 놓아 버렸는지 몸
뚱어릴 한층 늘어뜨려 버린다 옭아매고 있는 폐그물을 벗
겨 보려 안간힘 써 보지만 분에 넘게 촘촘히 맞대고 있어
쉽사리 벗겨내지 못할 것 같다 생각한 누구인가 가위를 가
져와 휘감은 것들을 잘라 내고 붙어 있는 검불마저 털어낸
후에야 마침내 풀려날 수 있었으니

생과 사 넘나들며 하마터면 죽을 뻔했던 새는 그 자리에
덥석 주저앉아 안도의 깊은 숨 서너 차례 몰아쉬다가 날갤
퍼덕여 이윽고 나지막이 날아올라 보은의 인사라도 하는 양
주변을 한 바퀴 돌더니만 허공 향해 멀어져 간다 바라보던
사람들도 모두다 환호성 내질러 앞날의 행운 빌어 주었으

리라

 누군가의 기쁨 뒤엔 누군가의 슬픔 뒤따르기 마련인 건지 여기 한 마리 더 있다 외치는 소리 좇아 일제히 눈길 모았으나 벌써 생을 마감한 뒤였으니 이승과 저승의 경계에서 움직이면 움직일수록 옥죄어 든 올가미를 원망하며 아무도 기억하지 못한 죽음 맞이했으리라

 천신만고 끝에 살아간 조금 전 새는 죽음과 맞닥뜨린 다른 새를 지척에서 바라보며 무슨 생각에 잠겼을까 자꾸만 핏기 잃어간 창백해진 모습으로 가녀린 처지를 한탄하며 들먹인 숨소리 드높여 허공으로 내뿜었으리라

 죽음을 맞이한 그 새는 하늘과 땅 사이 잇대려 한 청천벽력 같은 순간에도 어디선가 들려온 희망 섞인 휘파람 소리가 다시금 들려오리라 마지막까지 철석같이 믿으며 흘릴 눈물도 없는 눈물 속에서 먼동 터오는 아침을 바라보며 스스로를 체념했으리라

 성질 사나운 사람이 내다 버린 폐그물에 하필이면 새수 사납게 걸려들어 알리지도 못한 죽음 이렇듯 맞이해야 하느냐고 나오지도 않는 목소리로 차갑게 식어간 자신의 처

지 넋 놓은 채 아우성쳤을 것 같다

　살아가다 보면 우리네 삶에도 예기치 못한 일들로 절망한 나머지 검은 관의 뚜껑을 성급히 여는 사람들이 행여 있을지도 모르겠단 생각으로 방금 전에 기사회생한 새처럼 끝끝내 포기하지 않은 기적 같은 희망일지라도 가슴에 품고 있어야겠다 새로이 다짐해 본다

　때맞춰 마음 북돋워 늘 깨어 있으란 죽비처럼 들려온 상원사 동종 소리에 봉정사 목어도 두 손 모아 경배하는 듯하다 어쩌면 희망의 불씨 하나 입에 물고 구원을 기다리는 수렁에 빠진 이웃들이 많을 것 같단 뜻밖의 번민이 귓가를 쉽사리 맴돌아 삶은 어차피 혼자선 헤쳐 나가기 어려운 행로가 아니던가 되뇌어보면서 공연스레 뜬구름 멀어져간 서쪽 하늘 바라보고 있었다

# 삶의 원형을 복원해 가는 지극한 '마음'의 시학

# 삶의 원형을 복원해 가는 지극한 '마음'의 시학

## −한성근의 근작近作들

유성호
(문학평론가·한양대학교 국문과 교수)

## 1. 특유의 감동을 통한 순수한 삶의 회복 과정

한성근 시인의 여섯 번째 시집 《떨려온 아침 속으로 냅떠 날리다》(인문엠엔비, 2024)는, 첫 시집 《발자국》(2019)으로부터 《부모님 전 상서》(2020), 《바람의 길》(2021), 《채워지지 않는 시간》(2022), 《또 하나의 그리움》(2023)으로 이어져 온 시적 흐름을 일견 계승하고 일견 확장해 낸 성과라고 할 수 있다. 시인은 이번 시집에서 "애써 깨닫지 못한 부끄러움 몇 개는/다시 한 걸음씩 여운에 휩싸여"(《시인의 말》) 있다고 고백하면서도, 자신이 써 온 시편들이 여전히 스스로의 실존적, 예술적 광휘를 가능케 해 준 유일한 미학적 형식임을 암시하고 있다. 어둠에 묻혀 있는 빛을 찾아내고 발현시켜 마음의 문장으로 현재화해 온 과정은 그 자체로 '시인 한성근'의 원체험과 닿아 있는 것이자 그것을 낱낱의 언어로 복원해 온 시간이기도 했을 것이다. 그 언어의 현현을 보여준 이번 시집의 경개景槪가 빛으로 충일하기만 하다.

여기서 우리가 말하는 '원체험'이란 시인의 몸과 마음을 가능하게 한 존재론적 원형이면서 그의 시쓰기에 지속적 영향을 끼쳐온 정신의 운동 같은 것이다. 이러한 원체험을 부단히 변형하면서 그것을 한 편의 시에 현재화하는 바탕이 '서정'의 원리라면, 한성근의 시는 시인 자신의 원체험에 바탕을 두면서 다양한 서정의 향방을 통해 새로운 지경을 개척해 온 성과인 셈이다. 자연스럽게 그의 시는 삶이 부여한 지극한 미학적 순간을 선명하게 재현하면서 그 세계에 참여하는 역동적 개진의 목소리를 담아 온 것이다. 물론 그 목소리는 특유의 감동을 통한 순수한 삶의 회복 과정으로 훤칠하게 다가오는데, 이번 시집에서 그러한 특성은 유감없이 발휘되고 있다. 이제 그 서정적 풍경 속으로 한 걸음씩 들어가 보도록 하자.

138

## 2. 그리움에 아늑하고도 아득하게 감싸여 있는 마음

한성근 시인은 '마음'이라는 실존의 거소居所에서 삶의 순간순간이 구성되는 과정을 경험해 간다. 가령 그 순간은 삶을 형성하고 있던 어떤 에너지들이 사실은 마음의 흐름에 따라 하나로 구축될 수도 여러 방향으로 흩어질 수도 있음을 알아가는 과정이기도 하다. 시인은 다양한 목소리가 공존하는 '마음'의 자리에서 여러 흐름들이 한데 어울리는 친화 과정을 목도하면서 삶이 단선적 질서에 의해 전개되는 것이 아니라 상호 대립적인 것까지 품으면서 전개되는 것임을 노래한다. 이번 시집은 이처럼 '마음'에서 일고 무너지는 흐름들 예컨대 빛과 어둑함, 생성과 소멸 같은 현상들이 오랜 시간 함께해 온 동시적 속성임을 말하고 있다. 이러한 인지적, 감각적 과정은 우리로 하여금 사물의 새로운 존재론을 경험하게끔 해 주면서, 심층적으로는 마음에서 파동치는 시간의 깊이까지 선명하게 만나게끔 해 준다. 다음 작품들을 한번 읽어 보자.

저렇듯 나뭇가지마다 이파리를 무진무궁 물들이면서
가슴에 사무친 그리움으로 복받쳐 오르는데
까마득히 기다려온 애달픔에
거침없이 타오르며

여울져 간 적 있었는지 어림해 보면
뒷걸음질 친 발걸음에도 닿지 못한 마음 하나
깊어 가는 바람 소리인 듯 나직하게 두런거리고 있다
—〈마음 2〉 전문

이제 나는 너에게 가기 위해서 아로새겨진 기억들을
남김없이 지워 버리려고 한다
모든 걸 불살라 사랑했지만
너무 멀어서
잠시 스쳐갔을지도 모른
마음조차 미치지 못한 먼 훗날의 그리움 속을
한낱 뜬구름처럼 떠돌았을까
다가서듯 안부를 물어오는
훌쩍 커 버린 사연들을 불빛에 비춰볼 때면
감은 두 눈 위로 앳된 슬픔들이 몰려들고 있으리라
—〈마음 6〉 전문

이번 시집에는 '마음' 연작이 다수 실렸는데, 시인은 이 시편들에서 "잃어버린 약속들을 호명하여/기억의 갈피에 새겨 넣어 간직해야만"(〈마음 3〉) 했던 마음의 복합성을 이야기한다. 거기에는 "자나 깨나 가슴 떨리게 하는 시詩"(〈마음 1〉)를 통해 "소리쳐 깨어 있기 위하여/언젠가는 지나쳐야 할 적멸 속으로"(〈마음 7〉) 가고 있는 시인의 궁극적 모습이 담겨 있기도 하다. 한성근 시인은 마음에서 일렁이는 그리움을 나뭇가지마다 물들어가는 이파리로 묘사한다. 그리움

140

으로 복받쳐 오르는 기다림의 시간이야말로 "거침없이 타오르며/여울져간" 마음의 흔적일 것인데, 그 "뒷걸음질 친 발걸음에도 닿지 못한 마음 하나"가 나직하게 이야기하는 순간을 포착한 것이다. 그런가 하면 마음은 '너'를 향한 사랑의 순간으로 나타나기도 한다. '나'와 '너'의 거리가 멀어 "잠시 스쳐갔을지도 모른/마음"은 먼 훗날의 그리움 속을 떠돌았을 뿐일지도 모른다. 그러나 다가서듯 안부를 물어오는 사연들을 불빛에 비춰 보면서 시인은 "감은 두 눈 위로 앳된 슬픔들"을 받아들임으로써 사랑이 그리움으로 흘러가는 현장으로서 '마음'을 노래한 것이다. 그 마음은 이번 시집에서 "보이지 않는 곳에 감춰져 아무도 모를 마음 하나"(《가슴 한 편 휘저어 남겨 놓으려는》), "마음 북돋워 늘 깨어 있으란 죽비처럼 들려온 상원사 동종 소리"(《먼먼 깨달음 속을》), "한 시절 견뎌낸 어린 작설雀舌의 마음"(《생각만 해도 가슴 벅차올라》), "마음의 문이 환영幻影인 척/흔적도 없이 스쳐갈 적"(《너나없이 마주칠 때마다》) 등으로 그 파문의 양상들을 드러내고 있다. 이래저래 한성근은 '마음'의 시인이 아닐 수 없다.

여기서 한성근 시인이 노래한 그리움은 대상을 향한 간절한 욕망이 시간의 풍화 끝에 탈색되어 남은 정서적 지향을 말하는 것일 터이다. 그것은 2인칭의 부재 상태를 받아들이면서 그러한 상황을 실존적 조건으로 승인하고 거기서 발생하는 깨끗한 슬픔을 견디는 시간을 함유한다. 하지만 그리움에도 날카로운 칼날이 숨어 있기는 하다. 이는 시인의 성숙한 시선을 말하는 것이기도 하지만, 삶의 바닥까지 들여다보아도 부재하는 근원적인 것에 대한 갈망을 투사投射하는 시인의 상상적 완성의 의지가 그 안에 반영되어 있기 때문이다. 결국 이번 시집은 그러한 그리움에 아늑하고도 아득하게 감싸여 있는 마음의 움직임을 아름답게 선보인 미학적 결실이라 할 것이다.


## 3. 오래고도 깊은 시적 자양으로서의 존재의 기원起源

말할 것도 없이, 모든 기억은 과거의 시간을 감각적으로 재생시키는 과정이자 결과이다. 또한 그것은 자신의 현재형을 아름답게 지탱해 주는 존재의 기원起源을 각인해 가는 운동이기도 하다. 때로 어떤 기억이 단순한 회상에 머무르지 않고 살아갈 날들의 지남指南 역할을 하기도 하는 것은 그러한 까닭에서이다. 한성근 시인의 기억은 과거와 현재는 물론, 주체와 객체, 현상과 본질, 삶과 죽음, 피어남과 이욺의 경계를 지우면서 자신의 시편을 한 차원 높게 완성해 가는 매질媒質로 작용한다. 나아가 그는 대상을 안아 들이고 스스로의 삶을 홀연히 완성해 가려는 사랑의 힘을 기억 속으로 밀어 넣음으로써, 존재의 기원으로 상징되는 분들의 삶을 이채롭고 소중하게 재현하고 현재화한다. 그 기원의 세목으로 시인은 고향, 아버지, 어머니를 차례대로 불러온다.

> 다사로운 한낮의 봄볕이 저만치 내려앉아
> 해말갛게 자박거리는데
> 아침저녁으론 여전히 날씨가 차갑습니다
> 방문 열고 나가려다 말고 뒤돌아서
> 겨우내 입었던 옷가지를 물끄러미 쳐다보지만
> 벌써부터 아지랑이 이끌고 다가선
> 엇구수한 노랫가락 소리 가야금 타는 듯하여
> 산과 들로 연둣빛 한 줌 서둘러 불러 세웁니다
> 오고 간 사람들의 걸음걸음마다
> 어릴 적 추억으로 고향 길 따라 내달리는지
> 이제 막 첫눈 뜬 파릇한 풀포기들도
> 두근거린 가슴 주체하지 못하고
> 흥에 겨워 지꾸만 디칙거리고 있습니다
> ―〈고향 길 따라〉 전문

시인은 "한낮의 봄볕"이 저만치 내려앉아 자박거리는 고향 길 따라 지금-여기까지 왔다고 고백한다. 겨우내 입었던 옷가지와 봄날 도래한 아지랑이의 대비가 방문의 안과 밖을 가르면서 선명하게 다가온다. 봄날 노랫가락 소리는 마치 가야금 타는 듯 산과 들에 "연둣빛 한 줌" 불러 세워 준다. 사람들 걸음마다 "어릴 적 추억으로 고향 길 따라 내 달리는" 순간이 들어 있다. 이제 첫눈 뜬 파릇한 풀포기들이야말로 고향 길 기억을 재현하면서, 두근거리는 가슴에 뒤척거리는 봄날을 원형 심상으로 소환해 준다. 이러한 원형 이미지군群은 이번 시집에서 "머물다 떠난 자리 귀로歸路에 오를 때까지"(《깊어진 시름에 휘감겨》) 시인의 생을 감싸고 있을 존재론적 원천으로 나타나고 있으며, "땅거미 내린 언덕배기 돌아들어 길게 누운 저녁노을로 세월의 거친 때 닦아내는"(《생각 끝을 에도는 여음餘音》) 곳으로 등장하기도 한다. 한결같이 "높낮이 다른 눈빛으로/가슴 한구석에 자리잡은 그 옛날"(《그리움 절로 가슴에 맺혀》)의 보금자리인 셈이다. 다음은 어떠한가.

살아생전 후회스러운 일들이 짐스러우니 많아
아버지 제삿날에
고개 숙여 용서를 빌고 있는데

기울이는 술잔마다 떠오르는 선명한 기억들이
더욱 더 명치끝을 미어지게 한다

마지못해 어깨 들썩이는 내 모습 보며

자식들은 뭐라 할지 궁금해진 마음으로

가슴에 스민 단절된 시간 한동안 들춰 보다가
애먼 어둠 쪼개어 든 밤의 적막만
소스라치게 껴안을 듯
가뭇없는 눈빛으로 바라보고 있었다
                    ─〈아버지 제삿날에〉 전문

당신의 나지막한 밭은기침 소리
눈앞으로 홀연히 쏟아져 내리는 것 같아
땅거미 뒤집어 입은 거리를 쉴 새 없이 바라다봅니다
찬 기운에 움츠러든 사람들도 견디다 못해
꾸다 만 꿈의 발원지로 혼곤히 돌아가고 있는 것인지
금세 해님도 가던 길 서두릅니다
오늘도 망설임 끝에 어렵사리 밤이 찾아올 즈음
하루를 내려놓으며 발걸음 멈추려 합니다
노을의 빛깔 드리우다 지쳐 버린
조바심에 겨운 가로등도 제 속을 덩그러니 비워 가며
슬픔을 감싼 허전함에 이를 적에는
고래등같이 엎드린 산비알은 되알진 약속 띄워 놓고
 그리움의 갈피마다 모개로 젖어 깨어날 미혹에 감쪽
같게 사로잡혀
 굳은살 박인 고독을 한 움큼씩 들이밉니다
 (…)
 날 선 어둠은 까만 먹물 내뿜으며 온 누리 차지할 기
세인데
 저도 이젠 심상한 눈꼬리 묶어 둔 모국어 몇 자 추슬러

한층 더 깊어진 무명無明의 침묵에 망설임 없이 잠기
렵니다
창밖엔 여전히 허공을 여윈 바람이 떠돌고 있습니다
—〈제 속을 덩그러니 비워 가며〉 중에서

　시인은 아버지 제삿날에 이르러 고개 숙여 아버지께 용
서를 빈다. 살아생전 후회스러운 일들이 많았고, 기울이는
술잔마다 떠오르는 선명한 기억들이 명치끝을 미어지게 했
기 때문이다. 비록 마지못해 어깨를 들썩였지만, 그래도 시
인은 "가슴에 스민 단절된 시간" 너머 계신 아버지를 애틋
하게 만난다. 그때 "애먼 어둠 쪼개어 든 밤의 적막"만이 가
뭇없는 눈빛으로 이쪽을 바라보고 있는 게 아닌가. 그렇게
어둠 속에서 적막하게 와 계신 아버지의 잔상殘像을 통해
시인은 아버지를 향한 가없는 그리움을 토로한 것이다. 이
제 "지금은 애면글면 가쁜 숨결로 꿈꿀 시간"(〈저려오는 붉어
진 눈시울〉)이지만, "묵연히 명상에 잠겨 바라보았을 봉인된
옛날의 추억"(〈마음에 걸림이 없게 하여〉)이 "여음餘音으로 남아"
(〈새로 써야 할 나의 하룻길〉) 있음을 느끼고 있는 것이다.
　또한 시인은 "언제나 곁에 계신 듯이 감싸시는"(〈어머님의
은혜〉) 어머니를 향해서는 더욱 애절한 그리움의 마음을 부
여한다. "당신의 나지막한 밭은기침 소리"가 눈앞으로 홀연
히 쏟아져 내리는 것 같은 환청을 경험하면서 스스로 "꿈
의 발원지"로 돌아가고 있다. 하루가 저물어 밤이 찾아오자

146

시인은 가로등도 속을 비워 가는 순간을 포착하여 슬픔과 허전함과 그리움의 갈피를 불러온다. 날 선 어둠 속에서 모국어 몇 자 추슬러 "한층 더 깊어진 무명無明의 침묵"에 잠기는 시인의 그리움은 어느새 제 속을 덩그러니 비워 가는 시간의 깊이에 다다르고 있다. 그렇게 시인은 어머니의 환각을 통해 "영원과 맞닿은 마법의 징검다리처럼"(〈꼭 한 번쯤 그에 맞춰〉) 건너온 시간을 만난다. "날카로운 모서리를 움켜쥔 죄 많은 심정으로 정좌"(〈세상 밖으로 후회를 쏟아내며〉)하여 오랜 시간을 응시하면서 "스스로 가벼워지는 깨달음"(〈무서리 내릴 즈음〉)에 조용히 이르고 있는 것이다.

이처럼 한성근 시인은 자신을 가능하게 했고 지금도 자신의 삶을 감싸고 있는 고향, 아버지, 어머니의 흔적에 골고루 빛을 뿌림으로써 지금-여기가 선명한 기념비가 되게끔 한다. 그래서 그는 자신의 존재론에 대한 그리움을 통해 이번 시집을 환한 빛으로 채워 간다. 존재의 기원을 향하면서 하염없는 노래를 부르는 그의 정신적 원적原籍과 뿌리를 암시받는 순간이 아닐 수 없겠다. 이렇게 존재의 기원을 찾아 시를 써 가는 한성근 시인의 정신적 원류를 통해 우리는 그의 오래고도 깊은 시적 자양을 만나 보게 된다. 아득하고 깊은 시인으로서의 성정性情과 지향이 그 안에 농울치고 있는 것이다.

## 4. '채움'과 '희망'이라는 간단없는 인생론적 수행 원리

이번 시집에서 한성근 시인은 삶의 빛으로 우리에게 어김없이 찾아오는 원리에 대해 탐색하고 그것을 언어화하는 모습을 한결같이 보여준다. 대체로 서정시는 시인 스스로 자신의 삶을 새롭게 구성해 가는 원리에 의해 창작되는데, 그 표면에는 자기표현 발화를 통해 시인 자신의 의식이 드러나게 마련이다. 이때 시인의 의식을 구성하는 것은 앞에서도 강조한 시인 자신의 원체험이고, 기억은 가장 중요한 원리가 되면서 구체적이고 경험적인 언어를 길어 올리는 방법이 되어 준다. 그만큼 서정시는 다양한 원체험과 기억의 양상을 다루면서 우리로 하여금 시간의 원리를 따라 삶의 근원에 대한 경험을 치르게끔 해 준다. 한성근의 시는 다양한 인생론적 경험을 통해 이러한 서정의 원리를 한껏 충족해 주는 결실로서, 특별히 삶을 구체적으로 탐색해 가는 과정을 가능케 해 준 인생론적 원리에 대해 빼어난 사유와 감각을 보여주고 있다.

> 살다 보면 우리네 삶도 떼로 몰려온
> 청천벽력 같은 일들 생겨나기 마련이라지만
> 날 저문 뒤에 어둠을 빗디며 넘어질 때마다
> 마른 길 하나 골똘히 생각할 때 없었으랴

(…)

푸르던 시절이 실어다 놓고 실어 간

침묵하는 오래된 기억들을 들추어 보다가

아무리 그리워도 둘러가지 못할 것 같은

허둥거렸던 남루의 발자국마저 지워 갈 적에

바람처럼 파고들어 우연처럼 스쳐 갔을

가뭇없는 산봉우리 하나 떠올려 가며

못 견딜 만큼 차가운 신념 바꾸지도 못한 채

어쩌다 잃을 뻔한 한 뼘의 채움을 위해

어느 낯선 곳에서 허우적거려야 할 것만 같다

―〈한 뼘의 채움〉 중에서

한 뼘을 채우는 것과 그만큼 무언가를 비우는 것은 어쩌면 존재론적 등가等價의 행위일 것이다. 살다 보면 삶에는 "떼로 몰려온/청천벽력 같은 일들"도 생겨난다. 그러니 자연스럽게 "날 저문 뒤에 어둠을 빗디며 넘어질" 순간에 누구든 "마른 길 하나" 상상해 봄 직하지 않겠는가. 푸르던 시절의 기억 속에서 시인은 "아무리 그리워도 둘러가지 못할 것 같은/허둥거렸던 남루의 발자국"을 발견한다. 그 순간이 하나둘씩 지워져갈 적에 "바람처럼 파고들어 우연처럼 스쳐 갔을" 순간을 통해 "어쩌다 잃을 뻔한 한 뼘의 채움"을 위해 또 걸음을 옮겨가는 것이다. 그러니 '한 뼘의 채움'을 통해 삶은 두터워졌지만, 동시적으로 옛 시간을 한 뼘 비우면서 맞이하는 삶은 "꿈꾸는 천지간에/그 어디에도 없을 것 같은 무아의 경지까지/발걸음 흔들리지 않고"(《머물다 간 자리》) 갈 수 있게 할 것이 아닌가. 비록 "시간을 등에 업은 신발 또한 늙어간다는 평범한 이치"(《구두 밑창》)를 모르는 바 아니지만, 시인은 "가까스로 깨닫게 된 무심에 들어서야/ 지나온 길도 가야 할 길도 오직 하나였다는 걸"(《이제야 보이는 마음 한 조각》) 천천히 알아감으로써 "더 먼 곳을 보려면 멈춰 서지 말았어야"(《어쩌다 다다를 그날까지》) 함을 스스로에게 다짐하는 것이다. 그리고 그 다짐은 다음 시편에서 생에 대한 가없는 희망으로 이어져간다.

세상에 존재하는 수많은 언어 중에서
희망이란 두 글자처럼 제 스스로를 일으켜 세워
살찌워 줄 마음의 양식은 없을 듯싶다

어둠 기운 햇살이라도 한 줌 고이 접어 간직하고 있다
면
움켜쥐고 있는 동안만큼은
장밋빛 속삭임처럼 다가와 가슴 뜨거우리라

짓누른 세월의 무게 견디기 위해 망설일 적마다
길 밖에 촘촘히 감추어 둔
한 가닥 실오라기 같은 표지석처럼
동동 구른 굳센 의지 가져 보려 함일 테니

행복과 불행의 경계가 지금 당장은 모호하여

애태운 날들 불쑥 늘어 갈지언정
진자리 어그러진 마른자리 더할수록 점차 나아질 성싶
은 돌이킬 수 없는 믿음으로
그래서 희망이란 두 글자 버리지 못하나 보다
　　　　　　　　　　　　──〈희망이란 두 글자〉 전문


'희망이란 두 글자'는 한성근 시인의 발원지와 귀속처를
동시에 알려 주는 핵심 키워드이다. 아닌 게 아니라 시인은
세상의 수많은 언어 가운데 "희망이란 두 글자처럼 제 스
스로를 일으켜 세워" 주는 말을 달리 알지 못한다. 그 "마
음의 양식"이야말로 어둠 기운 햇살을 한 줌 고이 접어 간
직해 주고, 장밋빛 속삭임처럼 다가와 가슴을 뜨겁게 해 주
지 않았던가. 세월의 무게로 견디기 어려울 때마다 표지석
처럼 새로운 의지를 가져다주는 원천으로서 희망은 굳건하
기만 하다. 행복과 불행의 경계가 모호할 때마다 점차 나아
질 성싶은 믿음으로 '희망'은 결국 폐기되지 않을 것이기
때문이다. 그렇게 시인은 "시련은 이렇게 태연스럽게 와서
생채기를 새긴 뒤에/아무렇지도 않게"(〈길 위의 인생〉) 지나
쳐간 후에 "빙벽 끝에서부터 이제 막 쏟아져 내릴 것만 같
은/번뇌를 벗어난 정토淨土"(〈눈[眼] 속에 눈[雪]을 묻으며〉)를 향
하는 자신을 우뚝하게 세워간다. "끝 모를 황홀로 기어코 피
어오를"(〈힘을 내서 다시 한 번〉) 희망의 사제司祭로 그는 우리
에게 무한 긍정의 힘을 선사하고 있는 것이다.

이처럼 우리는 한성근 시인이 삶의 난경難境을 수없이 고백하고 토로하면서도 존재론적 귀속성을 가지면서 바라보는 희망의 감각을 흔연하게 만나볼 수 있다. 일반적으로 서정시가 존재론적 비극성에 대해 노래할 때조차 희망의 사유를 일정하게 동반할 수밖에 없다는 점에서, 그의 시는 이러한 서정시의 원리에 매우 충실한 성과라고 할 수 있다. 그는 일관되게 풍경 속에서도 삶을 읽어내고, 그 안에서 우리 존재의 근원과 함께 그 근원을 나누어 가지고 살아가는 이들의 희망을 상상하는 시인이다. 신산한 세월을 살아가는 이들의 모습을 충실하게 담아내면서도 우리 주위에서 가파르고도 아름다운 삶을 꾸려가는 이들의 수심水深을 깊은 눈으로 바라보는 것이다. 그 결과가 '채움'과 '희망'이라는 간단없는 인생론적 수행 원리로 나타난 것이다.


## 5. 시를 약속처럼, 사랑을 적선積善처럼

지금 우리는 인간이 스스로 삶의 주체임을 자각했던 논리가 천천히 무너져 가고, 서정시가 그러한 논리 저편을 바라보는 대안 양식으로 자리 잡은 시대를 살아가고 있다. 이때 좋은 서정시는 '다른 현실'을 만들기보다는, 개성적 사유와 감각으로 구성되는 '시적 현실'을 심미적으로 창안해낸다. 물론 이러한 사유와 감각은 현실과 꿈의 접면接面에서 균형적으로 만들어진다. 한성근은 일상에 편재한 우리 시대의 결핍을 치유하고 새로운 대안 양식을 꿈꾸는 시인이다. 그는 삶의 어려움을 호소하는 이들의 삶과 마음을 담아 가면서, 이러한 현실과 꿈의 접점을 따뜻하게 구축해 간다. 그 역할을 하는 것이 바로 존재의 변방을 비추는 근원적 빛으로서의 서정일 것이다.

> 그 옛날 정겨웠던 시절엔 손에 시집詩集을 들고 있으면
> 빼어난 인격의 소유자처럼 선망의 대상으로 바라다본 사람들도 있었다 하더니만
> 요즘엔 당최 안 팔리는 책이 시집이란다
> 서점에서도 자리 잡은 위치 또한
> 발길 닿지 않는 가장자리로 슬그머니 밀려날 때쯤
> 차지한 면적 그마저도 덩달아 줄어든다니
> 시와 사랑을 언약한 내 가슴은 가무스름히 타 들어간다
> 난장 친 아우성에 겨우 한숨짓고 있는데
> 마음 한껏 북돋우라고 산고의 계단에서 걸터듬은 시어들마다 일러준 한 마디가
> 이토록 먹먹한 명치끝을 후려치며 저며 오는지
> 환한 봄날 같은 시 한 편 아낌없이 남겨야겠다
> ―〈나 홀로 한 약속〉 중에서

그 옛날 정겨웠던 시절에는 손에 시집을 들고 있으면 선

망의 대상이 되기도 했을 것이다. 하지만 요즘은 시집으로 상징되는 인문학적 가치가 소외된 시대이다. 시집은 서점에서도 변방에 진열되고 있고 잘 팔리지도 않는다. 시인은 "시와 사랑을 언약한 내 가슴"도 당연히 가무스름히 타 들어가고 있다고 한다. 하지만 어느새 시인은 한숨을 넘어서는 다짐으로 마음을 옮겨간다. "마음 한껏 북돋우라고 산고의 계단에서 걸터듬은 시어들마다 일러준 한 마디"가 먹먹하게 명치끝을 후려친 것이다. "환한 봄날 같은 시 한 편" 남기자는 다짐은 그래서 한성근 시인이 "나 홀로 한 약속"이자 이 역류逆流의 세상에서 시인으로 살아가려는 모두에게 한 약속이기도 할 것이다. "묵도默禱 속에서조차 찾을 길 없던"(《문득 떠오르는 스쳐간 이름》) 시의 길을 찾아가는 '시인 한성근'의 행로가 환하게 비쳐 온다. 앞으로도 그의 시는 "차례로 앉았던 자리에 비운 만큼 봄눈 슬 듯"(《먼데 하늘에 손을 얹어》) 융흥하면서 "떨리는 손끝으로 써 내려간 문장 속에선 /시름의 깊이를 헤아려 줄 매잡이를 풀 듯"(《노드리듯 서로를 위하여》)한 순간을 흔연하게 가져올 것이다.

　　며칠 밤낮으로 쏟아져 내린 눈 속에 서 있는 나무들을 눈꼬리 치켜세워 바라보는 중에 한 무리 참새 떼들이 처진 날개를 파르르 떨며 가지마다 매달려 있다
　　비어 있는 인연의 마디 이어가겠다고 합장하는 마음으로 마당 한구석을 치운 뒤에 쌀 한 줌 보시하였더니

두리번거리던 한 마리 아버지 새인 듯 땅 위로 내려앉
아 이런 횡재를 만나다니 연신 주위를 살피다가 마침내
입속으로 들어간 쌀 한 톨에 왈칵 목이 메는데
　저만치 지켜보던 나머지 식솔들도 일제히 뛰어내려 자
리 잡는다
　어쩌면 참새들의 눈엔 나도 한낱 미물일지도 모르지만
　이 추운 겨울날 생면부지 이웃사촌에게 조촐한 밥 한
끼 대접했다 생각하니 마치 부처님이라도 된 것처럼 내
배도 하뭇이 불러와 덩달아 기분 좋아진 마음을
　알고도 모르는 척 귀 기울이던 허공이 낯익은 얼굴을
하고 저물도록 박수갈채를 보내는 것만 같았다
　　　　　　　　　　　　—〈적선積善하다〉 전문

　이 절멸과 폐허의 시대에 시인이 수행해 가는 최상의 윤
리적 원리는 '적선'이다. 폭설 속에 서 있는 나무들 가지 위
에 한 무리 참새 떼들이 파르르 떨며 매달려 있다. 인연의
마디 이어가겠다고 합장하는 마음으로 마당 한구석을 치우
고 쌀 한 줌 보시한 시인의 마음이 도탑게 다가온다. 참새
가족들이 내려앉아 주위를 살피며 지상의 자리를 잡는 과정
을 지켜보면서 시인은 추운 겨울날 생면부지 이웃에게 소
촐한 밥 한 끼 대접한 것이 결국 '적선'의 방식이었음을 깨
닫는다. 부처님이라도 된 것처럼 배가 하뭇이 불러오는 순
간, 시인은 기분 좋아진 마음에 "알고도 모르는 척 귀 기울
이던 허공"도 저물도록 박수갈채를 보내는 것만 같았다지

않는가. 언젠가 "나는 누군가에게 어깨 한 번 빌려준 적 있었던가 골똘히 생각"(《친구가 퍼 나른 글》)한다고 했지만, 시인에게는 이처럼 "두터운 친구 두세 명쯤 있단 사실만으로/기나긴 세월의 원동력이 될"(《불현듯 생각나는 친구에게》) 것임을 아는 마음이 있다. "순간과 영원이 깜짝할 새 어우러져"(《화장터에서 베어 문 슬픔》) 있는 이러한 차원이야말로 과연 "하얗게 번진 깨달음"(《비워 내는 유혹에 이끌려》)이 아니었겠는가.

그렇게 한성근의 이번 시집은 개성적 언어 안에 지극한 사랑의 마음을 담아냈다. 특별히 그의 시가 빛을 발하는 대목은 일상에서 만나는 타자들을 향한 사랑의 마음에 있다. 그는 지나온 시간에 대한 애틋한 그리움과 생명에 대한 사랑의 마음으로 시를 약속으로 쓰고, 사랑을 적선으로 한다. 시인은 자신이 걸어온 삶에 대한 애틋함과 소중함을 동시에 발화하면서 자신만의 시간의 깊이에 가닿고 있는 것이다. 이러한 과정은 그로 하여금 자신이 살아온 시간을 되새기고 나아가 그 시간에 대해 각별한 의미를 부여하게끔 해준다. 그 흔적이야말로 시인이 살아왔을 직접적 삶의 형식이고 이때 시인이 쓰는 시는 삶의 내질內質을 담는 그릇이 될 것이다. 그 점에서 그의 시에는 시간의 풍화 속에 스러져가는 삶에 대한 열망이 있고, 사물에 대한 차분한 관조와 연민을 통한 초월 의지가 충만하게 출렁이고 있다. 우리 시대가 필요로 하는, 우리가 취해야 할 미학의 한 범례範例가 가득 담겨 있는 셈이다.


## 6. 존재의 심층에 가라앉은 생명 원리의 시집


지금까지 읽어온 것처럼, 한성근 시인의 여섯 번째 시집에는 귀를 종긋 세우고 들어야 할 반짝이는 소리들이 옹골차게 들어차 있다. 그렇게 감각적 충일함으로 채집한 서정성을 시인은 시집 저류底流에 담아 두고 있다. 사물들의 작은 움직임에 귀 기울이고 그것들을 하나하나 어루만지면서 감싸 안아 들이는 시인의 품은 이번 시집에서 한결 더 근원 지향적으로 육박해 온다. 작고 여린 소리들을 탐침探針하고 시를 통해 그것들의 떨림을 기억함으로써 시인은 그 안에서 잊히거나 흘려보냈던 목소리를 듣고 있는 것이다. 한성근의 시 안에서 웅얼거리는 목소리들을 들으면서 우리는 새로운 파생적 기억을 넉넉하게 향하게 된다. 이 점, 한성근 시인을 매우 성찰적인 지성으로 끌어올리는 핵심적 권역이기도 할 것이다.

결국 이번 시집에서 한성근 시인은 사물들이 거느린 시간의 깊이로 시선을 옮겨가면서 삶의 아름다움에 대한 긍

정과 사랑의 마음을 보여주었다. 그 힘으로 그는 힘껏 삶의 불가피한 진정성에 대한 옹호로 나아갈 것이다. 일상에서 무심히 지나칠 수 있는 사물의 존재를 통해 삶의 본질을 통찰하고 표현함으로써 사물의 형식과 삶의 본질을 유추적으로 결합하는 작법을 지향해 온 한성근의 시는 "어느 날인가부터 우두커니 서 있는 버릇에 길들여져"(《잃어버린 것들과의 대화》) 있는 자신이 포착해낸 예술적 성취로 돌올할 것이다. 우리도 그의 시를 따라 존재의 심층에 가라앉은 생명 원리에 대해 사유하는 마음으로 번져 가게 된다. 이처럼 삶의 원형을 복원해 가는 지극한 '마음'의 시학을 보여준 이번 시집 출간을 마음 깊이 축하드리면서, 앞으로도 서정성과 예술성을 높은 차원에서 통합한 우리 시대의 서정시를 쓰면서 더욱 큰 시인으로 나아가게 되시기를 소망해 마지않는다.

한성근 시집
# 떨려 온 아침 속으로 냅떠 달리다

인쇄 2024년 6월 20일
발행 2024년 7월 04일

지은이 한성근
펴낸이 이노나
펴낸곳 인문엠앤비
주소 서울특별시 종로구 북촌로4길 19, 404호(계동, 신영빌딩)
전화 010-8208-6513
이메일 inmoonmnb@hanmail.net
출판등록 제2020-000076호

저자와 협의, 인지는 생략합니다.
잘못된 책은 바꿔 드립니다.

ISBN 979-11-91478-33-4  04810
     979-11-971014-6-5  세트


값 12,000원